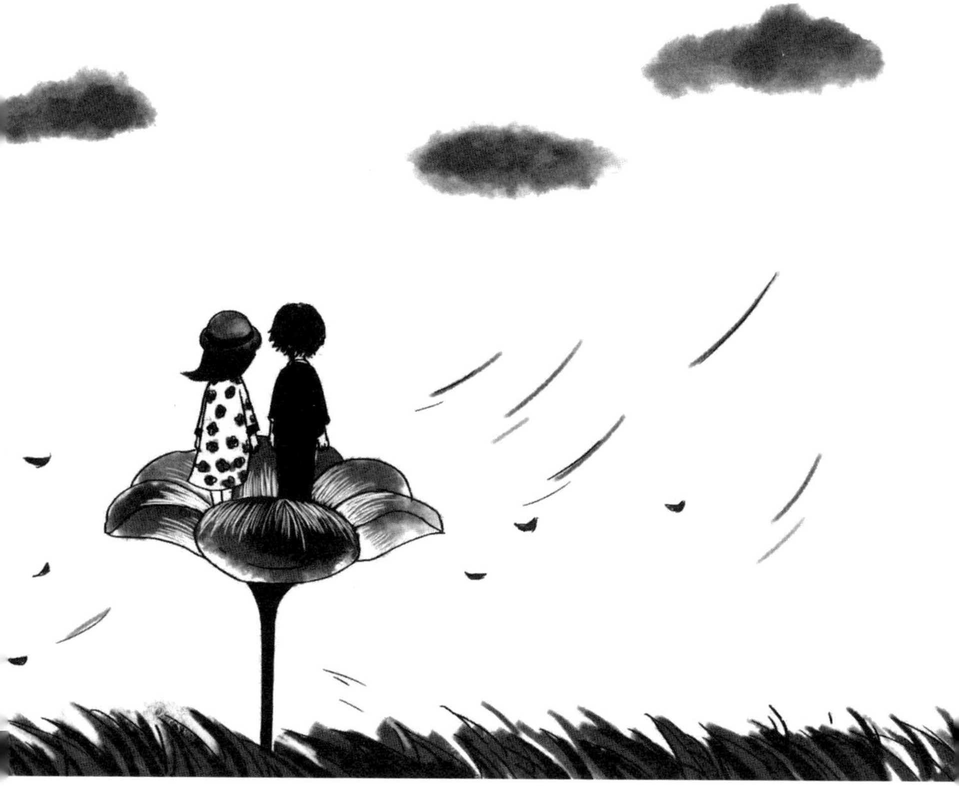

远方有多远

林景新 著

暨南大學出版社
JINAN UNIVERSITY PRESS

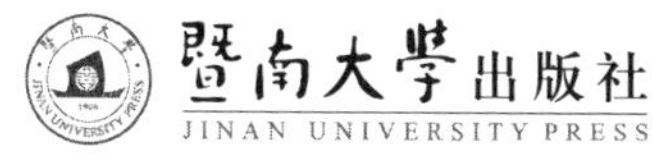

中国·广州

图书在版编目（CIP）数据

远方有多远／林景新著．—广州：暨南大学出版社，2016.6
（2023.8 重印）
ISBN 978－7－5668－1838－6

Ⅰ．①远…　Ⅱ．①林…　Ⅲ．①散文集—中国—当代
Ⅳ．①I267

中国版本图书馆 CIP 数据核字（2016）第 094499 号

远方有多远
YUANFANG YOU DUOYUAN
著　者：林景新

出 版 人：张晋升
策划编辑：杜小陆　崔军亚
责任编辑：崔军亚
责任校对：王嘉涵
责任印制：周一丹　郑玉婷

出版发行：暨南大学出版社（511443）
电　　话：总编室（8620）37332601
营销部（8620）37332680　37332681　37332682　37332683
传　　真：（8620）37332660（办公室）　37332684（营销部）
网　　址：http://www.jnupress.com
排　　版：广州良弓广告有限公司
印　　刷：佛山市浩文彩色印刷有限公司
开　　本：890mm×1240mm　1/32
印　　张：6.5
字　　数：160 千
版　　次：2016 年 6 月第 1 版
印　　次：2023 年 8 月第 6 次
定　　价：36.00 元

导读

即便你离开，你还在

有个兄弟，之前工作繁忙，对女友关心不够，导致分手。

分手后，他对女友竟然比以前还关心，我以为他有所企图——可是，在女友另有所爱后，他仍一如既往地关心她。

他说：爱情不再，爱还在。

爱情是爱的载体，但一个事物有可能脱离载体而存在吗？物理学上是不可能的，哲学与诗歌里却可以。

波兰女诗人辛波斯卡在《万物静默如谜》中写道：多么希望，你离开之后，你还在。

印度诗人泰戈尔在《飞鸟集》中写道：天空没有翅膀的痕迹，而我已经飞过——这个时代，诗歌的巴比伦塔已被炸毁，但诗意的感觉却更深扎内心。

我相信，每一个内心深藏诗意的人，对世界总有一份异乎寻常的爱：即便爱情不再，爱还在。即便你离开，你还在。

认清生活真相，依然热爱生活

从高铁站出来已经凌晨了，我叫了辆出租车回家。

司机看起来很疲惫，说:“我以前开工厂的时候，十点多就睡觉，现在做司机得熬夜，还真不习惯。”

我好奇地问 :“你开过工厂？”

他不好意思地说:“是的。但后来给人骗了一次货款，就倒闭了。后来，我贷款又开了工厂，但又给人骗了一次，厂又倒了。可能我天生就是开出租车的命，只不过之前上帝把我伪装成老板。我现在觉得做司机其实也挺好的。哈哈哈！”

寂静无人的街道上，他的笑声震得黝黑的夜都亮起来。这个男人让人喜欢。

认清生活真相之后，依然热爱生活。这就是男人本色。

快乐是不戴面具的忧伤

操场上，有个老人常常在放风筝。

他对我说："以前我不开心时就喜欢放风筝，现在开心时也这样。"我想起纪伯伦的诗句：快乐是不戴面具的忧伤。

一个风筝，既可以是快乐的载体，也可以是不快乐的发泄。快乐与不快乐，爱与恨都是同体的——当你爱一个人时，你也会同时恨他，特别是在他不懂你时；当你快乐时，你也会时不时记得曾经的不快乐，因为那会让你觉得当下的快乐是如此真实。

我也要去买个风筝，从此在草地上无忌地撒野，在风里莫名地疯癫，让天看到我的快乐，让地看到我的不快乐。

拥抱孤独，我们不再孤独

我有一个远房老叔，多年前妻离家散后从此孤独一人生活——他孤独到连影子都离开他了。

在他还不太老时，也曾对孤独努力反抗：跳广场舞、加入潮剧团、找人下棋……但是，直到他年过七旬，还是一个朋友都没有。

一个人生活几十年之后，到了耄耋之年。我却看不到孤独对他的摧残，他的神色反而越发怡然。

我顿悟，几十年来老叔不是没有朋友，而是已把孤独当作最好的朋友：那么入心入髓、那么形影不离。我不再悲伤，再没有朋友的他也有孤独这个朋友紧紧拥抱。

我们曾经竭力反抗的宿命，最后都成为我们最好的朋友。

每写错一次字，就是在想你一次

程兄是一个文采斐然的人。但他每次微信问我可否通电话时，总把“电你”写成“点你”。这个细心的人为何总重复写错字？

他说：“以前我的女朋友跟我沟通时用词很特别。比如想我时，她会故意写成‘念你’。比如想通电话时，她故意写成‘点你’。我们分手时，她说，这特别的词和特别的错字都会在记忆里钉下特别的钉子，以后一看到这些词，你就会想起我。她说得太对了！现在我也习惯用这些错字，而且每写一次就想她一次！”

爱情真有磁场，能把普通的对话伪装成摩斯电码！所以，以后当看到有人发给你某个特别的错别字时，你或许要相信，他正把那浓郁的爱伪装成忧郁的念。每错一次，他就在想你一次。

序言

道不远行

那天得知，一个学生在运动时意外身故。我打开他的微信头像，仔细端详，大吃一惊：我认识他多年，今天却有种第一次“看见”他的陌生感——过去几年，他一直“存在”于我的微信里，我却不曾“看见”他。

巴尔扎克有一篇文章，写的是一个单身男人跟他母亲相处了几十年，关系不好不坏，在母亲去世的那一天，这个男人仔细端详母亲的脸，第一次有种“看见”妈妈的陌生感——过去几十年，他只是“知道”妈妈在身边，却不曾“看见”她。

许多人与事一直存在于我们身边，但我们并未曾真正地发现他们——意识是一面镜子，将现实的世界折射进我们的内心。没有被意识捕捉到的存在，就仿如没有被灯光照耀到的黑暗一样，无影无踪，缥若幻象。

我去过中国每一个省份，也走过许多国家，见过各种各样的人。记忆总有局限性，就像一台循环记录的行车记录仪一样，装入多少新的记忆就免不了有多少旧的记忆会被覆盖掉。我多想把曾经见过的美好、曾经遇到的人一一存在记忆中，但力不从心。

直到有一天，我开始在微信朋友圈写故事，一天写一个，1 000天从不间断——当我执笔书写时，那些模糊的记忆开始清晰，那些模糊的面孔重新生动。穿越重重岁月的烟雾，我再一次看见生活中那些我希望看到的人与事。

每次写作都是一次擦亮，对遥远时空的擦亮，对心灵记忆的擦亮。在多重擦亮中，生活的意义绽然浮现。

每晚临睡前，我会仰望夜空，思索过去这一天存在的意义是真实抑或虚幻。凝视这深邃的星空，我会觉得眼睛一闭一睁的这一刻是真实的，其他一切皆为虚幻——在无限面前，一切的有限都显得那么虚幻。

在歌剧《摆渡人卡戎》中，卡戎是冥界的摆渡人，他一直纳闷每个死去的凡人为何有那么多遗憾，于是他在夜空里俯瞰凡间，一看究竟：这芸芸众生，在极为短暂的一生中，却时时都在等待。不快乐的渴望未来快乐，没钱的希望未来有钱，他们却不知道未来永不来——未来就是瞬间的现在，一个个片刻的当下连接为未来。如不能确认此身、此地、此刻的意义，未来永无意义。

在无限中，在场是唯一的真实。生活的意义与乐趣不在远方、不在未来，假如你阅读，意义就在阅读中。假如你吃饭，意义就在吃饭中。假如你睡觉，意义就在睡觉中。

道不远行，就在此身、此地、此刻。

林景新

目录

第三章/相忘于江湖

第四章/停留在时光的乌托邦

第五章／你在场时，一切皆美

第六章／我们都是时间的孩子

第七章 知道为何而活，就能忍受任何一种生活

第八章 从来没有失去，你只不过还回去罢了

第一章

一切邂逅都是蓄谋已久

一切邂逅都是蓄谋已久

那一刻,我忽然记起宫崎骏动画片中的一句台词:你喜欢的人他也刚好喜欢你?真是一个奇迹!岁月催人老,每个人都会老去,我们或许会忘记时光,但我们不会忘记爱——祝愿你的人生长路中,你喜欢的人,也正在向你走来。

一

我常陪外婆去新界的老人活动中心活动——在香港这座生活富足的城市中,老年人除了行动较不便之外,其他行为与年轻人非常类似:喜欢社交、运动,享受美食、旅行。看到他们,你会明白:一个人可以不用害怕老去,只要你足够优雅。

在这个活动中心,我认识了陈婆婆。

以前,我总觉得爱情是年轻时的事,再多的浪漫情怀到了老年都会被放下。可是认识了陈婆婆之后,我发现自己错了。**这个行至人生暮年的老人,一谈起年轻时的爱与被爱,眼中仍然光芒熠熠。**

"你知道吗,我跟他是同事,曾经在同一幢楼上班,我在饭堂吃饭时第一次见到他,就非常喜欢他。后来我都争取同一个时间去饭堂吃饭,为的就是能假装无意地跟他相遇。但是整整三年,我就是不敢跟他表白,一是害羞,二是一个月碰面的机会不多,也没机会说。"陈婆婆说。

"我那时已经到了适婚年龄,所以我妈不断给我介绍对象,我又不敢告诉她我喜欢上了一个人！心里真是痛苦。我给自己鼓劲，一定要找一次机会当面告诉他，我喜欢他！就算他拒绝我，我也满足了。”

“有一天加班，我很晚才一个人离开大楼。走出大门时，天下着很大的雨，而我没有带伞。正当我束手无策时，突然发现他也正好从楼上下来，而且手上带着一把伞！我当时好激动，世界上就有这么巧的事！那天大雨滂沱，他一路遮着我回家。路上，我终于鼓足勇气向他表白。”

陈婆婆说到这时，脸颊上呈现出幸福的红晕。

“你猜猜他说什么？他激动地握住我的手说：为何不早说！我也一直喜欢你呀！”

陈婆婆笑呵呵地说：“到了结婚那天晚上这个男人告诉我，原来他从同事那早就知道我那次要加班而没有带伞，所以假装要加班，故意在门口跟我邂逅！原来，在我喜欢他的那一刻，他也喜欢我了，只是我们互相都不知道罢了，直到最后一刻的所谓‘邂逅’才点亮了彼此的心。”

那一刻，我忽然记起宫崎骏动画片中的一句台词：你喜欢的人他也刚好喜欢你？真是一个奇迹！岁月催人老，每个人都会老去，我们或许会忘记时光，但我们不会忘记爱——祝愿你的人生长路中，你喜欢的人，也正在向你走来。

二

一坐下来，他就告诉我，年底要结婚了：这个35岁的男人，收入不错，有一辆好车。会弹吉他的他混了一个音乐家的名头，还动不动就去大理忧郁一下，这种男人注定是有结婚困难症的——选择太多了。

我见过他交往过的几个女生，每一个都长得亭亭玉立而且各有才华——但他从来没有公开承认谁是女友，更别说提结婚的事。我觉得，一个男人交往过太多女友不一定是一件光荣的事，因为他最终可能产生审美的紊乱症——每任女友的优点都会成为这个男人追逐下一任女友的叠加标准，到最终他追求的不是一个真实的女友，而可能是一个完全只存在于想象中十全十美的幻象。所以，在此之前我一直以为他这辈子只会谈恋爱，不会结婚。

“为什么是她？”盯着这个女友的照片，我问。这女友还是很好看的，但我更好奇她是如何俘获这个浪子的心。

“我是在草地音乐会里看到她的。那天，她穿着一条浅绿色的裙子，像春天的橡树，那么青翠地立在人群中，而且是那么近地站在我面前。微风吹过，我见到她裙子上的褶皱像水面上的莲花，暗香浮动。曾经我以为爱需要一个过程。那一刻我才知道爱是一瞬间。”说到这里，这个男人脸上充满陶醉。

“后来她告诉我，一年前她就关注到我了，那时在一个联欢舞会上，我在台上演唱《传奇》这首歌，她就坐在下面。她说我唱歌时那个专注的眼神打动了她，但那时不敢过来跟我打招呼。后来，她在媒体上看到某天我要开草地音乐会，而且采访中提到我喜欢浅绿色的裙子，她就特地去买了一条，并且早早进场，站在离我最近的地方看我，当然也让我看到。我们就这样互看一眼，爱的感觉就来了。”

爱情就是这么玄妙，有时只因你在人群中多看了一眼，爱的感觉就蓦然从心中升起。某个人注定就从此跟你一起浪迹天涯，历尽滚滚红尘。**年老时，当你们在榕树下，回想一生携手经历的各种喜，细数一生共同承受的各种悲，才发觉这一切的一切，不过是年轻时，那个春日的下午，在那树下，你刚好在人群中穿了一件我喜欢的衣服，我刚好在芸芸众生中多看了你一眼，缘由此而生，命由此而定。**那种感觉，该是何等奇妙？爱情，妙不可言。人生，妙不可言。

三

我有一个大学的师姐，毕业后在外资公司工作。她的工作能力极为出色，年纪轻轻就做到了很高的职位。从职场发展的角度，她是非常让人羡慕的。但从女生的角度，她也是让人觉得无奈的。40 出头了，还是没有找到一个对象——她长得不好看，而且是挺不好看的那种。

中国好男人有的是，这么多年师姐就是没遇到一个她要的，或者说要她的。

有一次她去美国总部学习半年。喜欢运动的她，每天早上六点钟都会围绕着公园跑一圈。

公司的总部在美国西部一个小城，华人不多，而且大冬天像她这样一大早就起来跑步的女生更少。

在这个跑步过程中，一个白人男士经常与师姐相遇。一聊天，发现对方也是回来总部学习的同一公司的同事，只不过他在新西兰工作，是刚刚被提拔的经理，职位比师姐低好多。

小伙子得知师姐从中国来，对她非常感兴趣，一边跑步一边要师姐教他中文。一开始，他们跑步、互学语言。后来，他们吃饭、看电影、逛街，再后来，他们恋爱、结婚了。

当师姐把这个男人带到姐妹们面前时，现场一片羡慕妒忌恨：他不仅长得很帅很高，而且比师姐小了八岁！

“你们都好奇外表上我跟他很不相配为何会相爱，我曾经也疑惑他喜欢我什么——后来他跟我坦言，他没来总部开会前，就在公司内部宣传中得知我在中国区的出色业绩，看过不少我的形象片，很崇拜我。他得知我回总部学习，而且我那时还单身，所以尽一切努力申请到一个名额参加这次总部学习，为的就是见我。而且我才知道他之前跟中国的公司做过贸易，懂得中文。他说要跟我学习中文，那不过是跟我搭讪的借口，哈哈。”

张爱玲说过：“你再不济，这个世界上总有一个人会喜欢你；你再优秀，这个世界上总有一个人会不喜欢你。”这句话真的很适合师姐的爱情。不喜欢你的人，你站在面前他也会视而不见。喜欢你的人，飞越半个地球都会来跟你故意邂逅。

世上没有真正的偶遇，一切的邂逅都是蓄谋已久的安排。世间万物，一切的偶然不过是戴着面具的必然。

当然，对于喜欢这件事来说，感觉比感情更优先。现在，如果有人问我：“林，有人向我表白了，你觉得我可以接受大我多少岁的？”我会很严肃地告诉她：有感觉的话，上下五千年都可以。

世上没有真正的偶遇，一切的邂逅都是蓄谋已久的安排。世间万物，一切的偶然不过是戴着面具的必然。

人生若只如初见

相对于皆大欢喜的结局，这种充满遗憾的爱却给我们更多的想象空间，而对于这种缺憾美的珍惜与怀念，或许却成为一辈子最温暖的记忆之一。

“你喜欢的人，他也喜欢你？真是奇迹！”

如果你喜欢一个人，但是每天只能喜欢他十秒钟，而且只能是远远地喜欢，你会怎么办？

一位刚毕业不久的姑娘跟我说了一个故事：她每天固定早上八点钟从住的地方楼下坐一辆公交车上班，而在同一时间，某单位的一辆公司员工接送车也会从那里开出。就在两辆车擦身而过时，她看见了他——每天固定地穿着白色的衬衣，每天固定地坐在司机后面的第二个座位上，每天固定地会静静地凝望着窗外思索。就这么一瞬间，姑娘的心被打动了，她爱上了这个十秒钟擦身而过的男子。

在此后的一段日子中，每天这样的凝望、这样的思念成了这位姑娘生活中非常重要的一部分。尽管不能真正相见，更无法与对方相识交谈，但姑娘内心觉得挺满足，喜欢一个人或许就那样远远望着、那样在心内默默地思念也令人觉得温馨。

后来有一天，她要离开广州了，去另一座城市谋求生活，她心中唯一的遗憾是自始至终未曾有机会跟那名男子认识，并告诉他，她喜欢他。于是，她在网络上写了一篇帖子，期冀那名男子能够有

当一种爱被时空拉长之后，并被幻想化之后，这种爱才是真正令人心醉，因为它是如此完美无缺，如此纯粹透明，如此富于张力。

机会看到……

文章发出后，无数广州的网友被她的心愿打动了，自发寻找那名白衣男子，而令人惊奇的是白衣男子最终在网络上现身，回应女孩的呼唤，只可惜那名男子坦诚自己已有心仪的对象……一段故事有着浪漫的开头，却有一个令人无限遗憾的结局。

这是一个现代版的城市星月童话，给都市沉闷的生活带来一种清新的感觉，无数的人被打动了，无数的心被唤醒了，更多的人是为没有一个想象中浪漫的结局而遗憾。

张爱玲有一篇很短但很出名的文章《爱》，描述的是一个 18 岁的姑娘，有一年春天来临的时候懒懒地倚在门边，刚好碰到对门的一个男子，就在短短对视之间，姑娘内心滋生了爱，但她却未有机会去跟男子说话。后来她被转卖他乡，人生几经浮沉。老来时，她倚在门边，心中再次想起那名几十年前让她一瞥生爱的男子。故事简单得出奇，但是细细读却是张力无穷，轻描淡写间将人生的爱与遗憾刻画得入木三分。

相对于皆大欢喜的结局，这种充满遗憾的爱却给我们更多的想象空间，而对于这种缺憾美的珍惜与怀念，或许却成为一辈子最温暖的记忆之一。

在许多个月照无眠的夜晚，对这段情感的回味必然一次次令自己怦然心动。可以想象，那位姑娘离开了广州，依然会怀念白衣男子，怀念每天上班路上可以见到他的十秒钟，怀念那种隔窗而望默默喜欢的心动——**当一种爱被时空拉长之后，并被幻想化之后，这种爱才是真正令人心醉，因为它是如此完美无缺，如此纯粹透明，如此富于张力。**

“你喜欢的人，他也喜欢你？真是奇迹！”记得许多年前，在大学选修电影评论课时，我看过一部日本的老电影，电影的名字忘了，情节也有些模糊了，但是电影中这句台词却始终让我印象深刻。

茫茫人海，你喜欢的人或许许多，喜欢你的人或许也是许多，但是能够刚好对接的，却是很少。擦身而过，对视之间，能够心生喜欢，然后默默记住，也是一种温暖。

这样站着不说话，就十分美好了

我多么希望，有一个门口
早晨，阳光照在草上
我们站着
扶着自己的门扇
门很低，但太阳是明亮的
草在结它的种子
风在摇它的叶子
我们站着，不说话
就十分美好

——顾城《门前》

一

在聚餐上，一个熟悉的学生问我："老师，你在台上滔滔不绝，为何台下总静默不言？你是喜欢讲话，还是不喜欢讲话？"

我喜欢讲话，也喜欢不讲话，这并不矛盾。学院里有个老教授，我常常看到他下课后，一个人在学校的草坪上静静坐下，趺坐静思，直至月色将人吞没——**有时候讲话是一种愉悦，有时候安静也是一种美好。在我们看得见的热闹中，通常都另有一种看不见的平衡。**

在生活中，我认识许多喜欢讲话的人，也认识许多不喜欢说话的人。人与人关系的疏近，有时就体现在见面时说话的方式上——有些人，大家客客气气，在一块通常都能东南西北乱侃一通，不见不思念，见了也不激动，这样的人称为熟人。有些人，时常一块聚众玩乐，见面可以聊点小私密，有事互帮点小忙，这样的人称为朋友。有些人，平素或不常见，但他不来时想他来。他来了想他多留，他走了想他再来。即使大家面对面，不说话各想各的事，既不尴尬也不见外，甚至觉得这样挺好的，这样的朋友称得上知己。

朋友Z君，就是我认识的人中很独特的一个。

常常在我下课后，当学生们像潮水退潮般离开，空荡荡的教室后面会忽露出一个熟悉的微笑——Z君是我的中学同学，在离广州四百公里以外的一个城市做小公务员，与我相识十几年。他是那种慢火温炖型、很内秀很内敛的人，每每在同学聚会中，一桌人高谈阔论时，他总是静静地倾听。

好几次他出差广州，过来学校看我。事先也不来电话，只是静静地来到教室中，安坐如磐。慢慢地，我习惯了这种忽然而至，习惯了这种相见无事。

那天广州阴雨，他从外地赶来，安静地等我下课，我请他吃饭，然后带他行走校园，其间交流的话语静默得只剩下“嗯哦”——在我认识的这些朋友中，Z君应该是最安静的一个人。

每一个与他交好的朋友都习惯了这种与他相处的独特方式。他去拜会其他朋友也同样，安静地来了，安静地坐着，再安静地回去。他来只是因为他想念你，想见见你。他会给你带一点土特产，给你带一包茶叶，跟你吃一顿饭，不提前预告你，不提前让你做安排，一切都是那么随意、随心。你有空他就坐坐，你没空他也不以为忤。

在生活中，我喜欢那些妙语连珠的朋友，他们通常能够将一段乏善可陈的午后沉闷时光变得生机盎然。我也喜欢那些安静的朋友，大家相见无事，却别后常念。就像Z君的微笑，不温、不躁、不浮、不夸，他们如春日流水，悠悠流过我们的身边，却在不经意间把我们的内心涂染得翠绿如春。

所谓的知己，是否就是不着一言，你懂我意。你没来，举目皆灰。你来了，满园花开。

二

我见过一次最安静的安慰。

那次，我陪他去看望一个朋友。这个朋友的老公和孩子相继患上癌症离开人世，在这个悲痛的时候，她竟然还不幸地跌断了腿——她拒绝了大部分人来看望她的请求，**当悲伤超出一个人可以承载的范围之后，或许任何安慰的话语都是多余甚至是有害的。**但是，瓜哥还是来了。

瓜哥去家里看望孤零零的她，从进家开始，他扫地、煮水、浇花……那个安静的午后，瓜哥几乎没说话，脸上没有表现出任何怜悯的神色，一切都做得很自然，仿佛这一切的不幸都不曾发生，她只是患了一个感冒，身体不适，而瓜哥只是她的亲人，做着应该做的事，不必感谢不必客套更不必问什么。

临别时，瓜哥说了唯一的一句话：你放心，我会再来——**当悲伤超越了语言安抚的范围时，安静的陪伴就是最好的安慰。**

我想当一个人悲伤时，有时也不必询问，不必言语安慰，只需静静地陪伴，静静做一些可以做的事就够了。

因为懂得，所以慈悲。

我还见过一次最安静的聚会。

普宁兴文中学第55届毕业生聚会——1955年，他们是这所县级中学的高中毕业生，彼时青春正茂、艳阳高照。60年后，他们全部年逾古稀，此时夕阳西照、倦鸟归巢。这些古稀老人走走停停，拄拐缓行，有的老人已走不了路，被家属背着上了教学楼——这是他们毕业60年后的一次大团圆，或许也是许多人一生中最后一次同学相见。当年教授他们英文的老师王惟余已90岁，但仍身体健朗。这些耄耋学生们每个人蹒跚上前，向王老师致敬，向岁月致敬。

有时，我会走很远的路，去看看一朵花开的样子。有时，我会在树下发很久的呆，思索一朵花开的心情。

与一般同学聚会的热闹不同的是，古稀老人的相聚有一种特别的平静，有一种平缓的喜悦，在相聚中，有时他们仔细端详对方，有时他们长久互相握手，有时他们窃窃私语，有时他们只是并肩坐着，安静地坐着。

这是受过历史戕害的一代人，但在他们脸上已看不到对昔日岁月的仇恨。时光抹平了一切，人生已简洁得剩下淡然与平静——长寿地活着、安静地活着，就是对伤害最好的回击。

因为淡然，所以安静。

三

我喜欢爬山，爬过中国五岳中的四岳。

阳光晴好的午后时分，我喜欢去逛家门口的大夫山森林公园。走在小小的山路上，我常常是一个灵魂出窍者。走着走着，太阳就暗淡了，人群就消失了。

我没看到，熙攘的路人何时不见，为何不见。我只看到，草在结它的种子，风在摇它的叶子，树就这样站着，不说话，树把心事都交给了黑夜。万物都静静的，美好的感觉从内心油然升起。

有时，我会走很远的路，去看看一朵花开的样子。有时，我会在树下发很久的呆，思索一朵花开的心情。

有时，我会拿一本书，躺在树下假装阅读。人来人往以为我在读书，其实是书在读我，我只是不想说话也不想思考，但是为了让自己呆坐在树下看起来没那么傻，所以以书为幌子罢了。我坐在树下，貌是若有所思，其实我只想无所事事。手倦抛书午梦长，梦里花落知多少。人生某一刻的美妙，只有用某一刻的发呆，才能深刻体会吧。

我多么希望，有一个门口
早晨，阳光照在草上
我们站着
扶着自己的门扇

门很低，但太阳是明亮的
草在结它的种子
风在摇它的叶子
我们站着，不说话
就十分美好
——顾城《门前》

2015 年 7 月 29 日，我爬上安徽九华山。那个午后，山上几乎寂静无人。在爬山过程中，安静得只听到蝉声，是那巨响如天籁之音的蝉声。

步步穿越这层层叠叠的山峦林间，那蝉声如潮水，从密林中澎湃而来。不可胜数的蝉，齐声吟诵的震撼，让这山上的风、云、影，无不化为缈缈梵音——多少凡人，在这佛性熠熠的高山之巅，在蝉声唱颂感召下，悟透生死，看破红尘，了结凡心。

唐高宗永徽四年（653 年），高丽人金乔觉来到九华山台峰顶，望一眼远处峰峦耸秀、山川优奇，再听一耳蝉声袅袅，知晓悟道是时，于是趺坐静思、面壁观心，成一代地藏菩萨。

数千年后的今天，我平心静气登上这九华山花台正山顶，登上地藏菩萨悲天悯人之圣地。望远处锦绣河山，如画似锦。在这佛境圣地，举目所触无不是祥景。在这个安静的午后，我小心翼翼地凝视每一处祥景，唯恐一闭眼，一个佛祖拈花式的点化就倏忽而过。正如许多个安静的清晨，我小心翼翼地缓慢苏醒自己，唯恐一睁眼，这一生就忽然老去。

在这安静的午后，看山风澎湃而来，听蝉声响遏千古。愿这世间万事，一念清净，终归慈悲。

生活那么多的“为什么”，只是源于“我喜欢”

只要你喜欢，你就会坚持去做。只要坚持去做你喜欢的事，你就会快乐。只要你快乐，你就会更喜欢你的喜欢，更快乐你的快乐。

政工干部老陈退休之后，跟一般的老头一样，天天去公园。只是他去公园不是去遛狗，不是去散步，而是去参加英语角，练英语。对，你没听错，练英语。过去十年，老陈风雨不改，每天去，每天学，每天练。

“你都老了，还学英语？为什么啊？”过去十年，老陈估计被问了上千次这个问题。

他总笑而不语。

小区对面有一片荒废了好多年的小山地。过去好些年，货车司机王大哥每天很早就起床，利用上班前的时间去翻整那块荒田，种上各种各样的蔬菜。一个人翻土，一个人浇水，一个人播种，一个人收割——当你看到他年复一年、月复一月地将这收割下的蔬菜全部无偿送给邻居、朋友甚至陌生人时，你忍不住就会问：“你又不卖菜，花这么多精力做这些，为什么啊？”

他总笑而不语。

以前我也像许多人一样，不太理解生活中像老陈、王大哥这样坚持做某件不太符合常规逻辑事情的人。对于这些人，我也很想问一个为什么。直到有一天，我在王小小的身上看到了答案。

王小小从大学毕业那年开始，坏运气好像就一直跟着他——刚入职就碰到公司裁员，刚贷款买了辆车就被偷，刚恋爱就被劈腿。这种情况下他脸上竟然看不出沮丧、自弃、苦闷，反而每天回家就乐呵呵地画画，每天都画，一个小小的屋子被泼得到处都是油彩的痕迹。

我很纳闷，他的人生几乎都一败涂地了，还有心情画画？为什么？

王小小说："我觉得生活的快乐感跟境况没有必然关系，只跟心的感受有关。我从小就喜欢画画，现在依然如此。生活中，一个人只要坚持去做一件自己喜欢的事，哪怕做那个事仅仅是为了喜欢，快乐也会瞬间被点燃。"

看着他淡定的表情，我终于明白，生活中那么多的"为什么"，其实只是源于"我喜欢"。

心情可以跟境况不对等，一个人不快乐的根源最主要不一定是遇到不好的事，而是没能找到自己喜欢之事并且坚持去把这种喜欢做到底——练一口流利的英语，看一只可爱的猫，读一本有趣的书，种一圃美丽的菜，能让心快乐的事举手皆是。只要你喜欢，你就会坚持去做。只要坚持去做你喜欢的事，你就会快乐。只要你快乐，你就会更喜欢你的喜欢，更快乐你的快乐。

愿你找到你的喜欢，愿你点燃你的快乐。

愿你找到你的喜欢，愿你点燃你的快乐。

第二章

快乐是不戴面具的忧伤

快乐是不戴面具的忧伤

生命都是空间与时间的产物，善与恶、乐与悲就如云与雨，风的走向左右了他们一刹那的转变。生命有多复杂，人性就有多复杂。

一

在黄昏余晖正好的时候，我常去广东外语外贸大学散步。

在那个靠山边的操场上，有个法语系的退休教师常常一个人在放风筝。第一次见到这个老人放风筝时，我愣住了：他扯着风筝满场跑，汗流浃背，手舞足蹈，欢呼雀跃，一头白发迎风蓬然怒放。

“只要有风筝放，无论多少岁我都觉得自己不是老人。”这个七十多岁的老人一边扯着线，一边气喘吁吁地说。

我笑眯眯地看着他。

“以前我不开心时就喜欢放风筝，疯狂地跑，疯狂地癫，疯狂地喊，疯狂地跳，疯狂地挥拳。别人以为我是为放风筝而疯狂，所以不以为怪。”

他笑眯眯地看着我。

“没想到风筝放着放着就上瘾了。熟悉我的人以为我不开心才放风筝，其实我现在开心时也这样，只是不想告诉他们罢了。”

我们笑眯眯地互相看着对方。

那一刻，我想起纪伯伦的诗句：欢乐是不戴面具的忧伤。

一位妇人说：请给我们谈谈欢乐和忧伤。
他回答：你们的欢乐是不戴面具的忧伤。
你欢笑的泉眼常常也饱含着泪水。
除此之外，又当如何？
镌刻在你们身上的忧伤愈深，你们能盛装的欢乐愈多。
斟满了美酒的杯盏，难道不是曾在陶工炉火中锻造的杯盏吗？
当你们快乐时，请审视自己的内心，
你们会发现曾经的忧伤如今却让你们快乐。
当你们忧伤时，请再次审视自己的内心，
你们会发现曾经的快乐如今却让你们流泪。
你们中有些人说："欢乐胜于忧伤。"
另一些人则说："不，忧伤更伟大。"
但我要说，他们是一体的。

——纪伯伦《欢乐与忧伤》

一个风筝，既可以是快乐的载体，也可以是不快乐的发泄。快乐与不快乐、爱与恨、好人与坏人都是同体的。**哲学家巴门尼德曾说：存在是一。任何一种事物包括情绪的存在，其存在只相对于存在自身而存在。**

有一次，我讲完课走下讲台，有一个学生问我：林老师，你每天在台上从早讲到晚，不在台上时，你最喜欢干吗？

"我最喜欢不讲话。"我答。

她的眼睛睁大了："原来你不喜欢做老师？"

以前我的思维跟这个姑娘一样，认为世界都是二律背反：看到一个人快乐，就以为他不悲伤了；看到屠夫去吃斋就认为他是在赎罪；

看到和尚玩手机就认为他开始思俗。

现在，我只相信世界从来都是一体的：对于那个老人来说，放风筝是因为快乐，放风筝也是因为不快乐；对于我来说，台上讲话是一种快乐，台下不讲话也是一种快乐；对于屠夫，杀戮是一种快乐，爱生也是一种快乐；对于和尚，入定是一种快乐，遐想也是一种快乐。

青涩少年时，我们总觉得人都有两面性。成熟之年时，我们会发现人性从来没变过，人的差异只是观察的角度不同罢了——我们的世界与我们的世界观，没有对错，只有不同。

我也要去买个风筝，从此在草地上无忌地撒野，在风里莫名地癫疯，让天看到我的快乐，让地看到我的不快乐。

我们每个人其实都是老陈，到了人生的暮年才发现，与己和，与彼和，与世间和，就是我们来这世间的最终使命。

二

多年来站在大学讲台上，我认识了流水一样多的人。但我对两类人深感兴趣：坏人和好人。

当身边有人跟我说：林，那人是个大坏人！我会很乐意接触一下那个人——我想知道一个坏到至深的人，人性中是否有着不为人知的善？

当身边有人对我说：林，那个人是个大好人！我也会对那个人充满了解的兴趣——一个至善的人，是否也有低到尘埃的恶？

这些年来，我尚找不到一个纯粹的好人，好到上善若水；我也找不到一个纯粹的坏人，坏得如此干脆利落——就像在生活中，我找不到一个纯粹快乐的人，也找不到一个总是悲伤的人。

生命都是空间与时间的产物，善与恶、乐与悲就如云与雨，风的走向左右了他们一刹那的转变。生命有多复杂，人性就有多复杂。

我是个好人吗？好像是。我是坏人吗？好像也是。

我看起来快乐吗？好像是。我看起来悲伤吗？好像也是。

你呢？

三

在餐厅里，当我看到老陈喝醉酒对一个老乞丐动手时，我震惊得呆若木鸡。

相识多年，老陈这个老好人一向让我见到人性的光辉，比如见义勇为、疾恶如仇等——当然，我并不认为一次使坏就是人性开出了恶之花，只是每个人身上的三性即兽性、人性、佛性，在特定情况下开始纠缠不清，互相入侵、互相转换。

我认识的每一个人与老陈一样，都是在好人与坏人之间的纠缠中浮沉——只为小我，兽性浮现；兼为他人，人性慈悲；纯为世间，佛性绽放。

十年来，我见到的老陈永远一丝不苟，衣服、头发、家里的一切，包括他养的小狗的头型都是某种固定标准，就像他所教的微积分一样严谨——他唯一的缺点就是脾气暴躁，随时开骂任何事情、任何人，甚至会对人动手，就如对一个惹毛他的老乞丐。

奇怪的是，踏入七十岁之后，他几乎一夜变了一个人：头发、衣服开始不修边幅，但脾气完全变好，看人的眼光温柔起来。我忽有所悟，之前他之所以常常开骂，是因为与周遭的一切不妥协，故心中有恨。到耳顺之年，他与生命签订了某种和解条约，所以一切放下。

我们每个人其实都是老陈，到了人生的暮年才发现，与己和，与彼和，与世间和，就是我们来这世间的最终使命。

世上没有快乐与不快乐之分，没有输与赢之分，没有好人与坏人之分，存在只能相对于自身而存在。

四

有个兄弟，之前工作繁忙，对女友关心不够，导致分手。

分手后，他对女友竟然比以前还关心，我以为他有所企图——可是，在女友另有所爱后，他仍一如既往地关心对方。

他说：爱情不再，爱还在。爱情是爱的载体，但一个事物有可能脱离载体而存在吗？快乐是悲伤的反义词，两个方向相反的事物可以兼容吗？物理学上或许不可能，但在人的心里可以。

宇宙中，没有比宇宙更大的物体。但一个人的心是例外。

波兰女诗人辛波斯卡在《万物静默如谜》中写道：多么希望，你离开之后，你还在。

印度诗人泰戈尔在《飞鸟集》中写道：天空没有翅膀的痕迹，

而我已经飞过———这个时代，诗歌的巴比伦塔已被炸毁，但诗意的感觉却更深扎内心。

我相信，每一个内心深藏诗意的人，对世界总有一份异乎寻常的爱：即便爱情不再，爱还在。即便你离开，你还在。即便悲伤来临，快乐还在。

没有比快乐更残酷的诱惑

走在街上，熙熙攘攘的人群迎面而来，各式各样的表情浮现在他们脸上，我紧紧盯着每一张脸，竭力从这些或喜或悲或平静的表情背后，寻找他们内心真实想法的蛛丝马迹——对许多人来说，快乐是一种残酷的诱惑，是令他们可以无限期忍受眼下一切苦痛的镇静剂。

在我所住楼盘的不远处，盘踞着广州最大的城中村，无数的制衣厂、染织厂、电子厂、小作坊星罗棋布地潜伏其中。每天早上七点多，年轻的姑娘小伙们就会鱼贯着从小巷子里的宿舍涌出，他们脸上带着残留的睡意，打着哈欠，提着热水瓶、水桶，吵吵闹闹地挤在小食摊前狼吞虎咽地吃早餐。

他们都非常年轻，十八九的样子，一张张稚气未脱的脸上挂满了明朗快乐的笑容。或许昨晚加班加了一个通宵，或许刚刚被挑剔的工厂主管斥责一顿，但这些都无碍于他们的快乐，无碍于他们疲惫的脸上现出幸福的笑容。

这是一项奇怪的等式，产出与收益是完全不成比例的。他们的工作是非常劳累的，每天要工作超过十三四个小时，住的地方灰暗潮湿，每个月的收入除去最必要的开支外所剩无几。但是，他们的脸上为什么还能洋溢着快乐的笑容？

快乐仅仅是因为他们年轻？年轻是快乐的等价物吗？

玲是我念中学时的好朋友，她的学习成绩一直很好，是个非常聪明的女孩子，清秀文雅，很会体贴人，同学们都很喜欢她。

玲的父母很疼爱她，对她要求也很严格，从小就有意栽培她，希望她日后能成就一番事业。玲的早熟来自于父母的压力，在家里，玲必须做完父母指定的一切事务：练书法、弹钢琴、做作业……父母要求玲做事必须先有计划，出外见朋友必须先汇报。玲是个性格柔顺的女孩，对父母之命向来言听计从。在学校，她是个老师同学都喜爱的好学生；在家里，她是父母的乖乖女。但是，这所有的一切对她来说都是一种无形的压力，她只是一只背负着别人思想的蜗牛，过着别人希望她过而不是她所希望过的生活。她的忧郁就如蓝天下细若抽丝的白云，或许不易被人觉察，但对天空而言，它无所不在、无时不在。

对生活的厌恶就像雨后春笋一样日渐崛起，当她父母觉察到情况有所不妙时，玲的忧郁已深入骨髓。她的精神在一天天消沉，她对任何事物都提不起热情，独处时常常自言自语。那年高考，她在一片惊讶的叹息中落榜了。不久，在父母安排下，她结了婚。多年后，我再见她时，她正坐在自家门口奶孩子，长发蓬乱地散在胸前，眼神空洞而破碎。

玲曾经是年轻的，现在还是年轻的，但她从未感到快乐。如果说快乐可以量化的话，那么姣好的面容、聪明的头脑、良好的家境、被人喜爱的满足为什么换不来快乐？

快乐究竟是一种外化的形式还是一种内在的满足？总是有智者说，物质的满足只是带来短暂的快乐，精神的满足才是真正长久的快乐。很长一段时间以来，我对此总是不置可否。虽然许多物质充裕的人生活得不快乐，但我见到更多的却是因为物质短缺而生活在痛苦深渊之中的人。

1999 年我在四川眉山拜访过一户农家。男女主人都是农民，家里一贫如洗，由于交不起学费，两个小学尚未读完的孩子先后辍学在家，这对夫妻为交不起子女的学费而陷入苦痛。那年冬天，男主人在外出时意外被车撞伤，左腿被撞断。男主人拿着肇事者的赔偿金，第一时间就是把钱交给孩子，让他们即刻回到学校念书，自己在医院待不到两天，就忍着剧痛拄着拐杖回家，左腿不久便恶化而永久伤残。他选择了牺牲自己的腿来换取孩子读书的机会，物质生活的窘迫把他逼到自戕的地步。

那是一个冬日的午后，在这户简陋的农家中，拄着拐杖的男主人，谈起他那对已经读到高中的儿女时脸上现出了自豪的神色，几年前那场可怕的车祸在他看来竟然成了解脱困苦命运的稻草。他的快乐，是因为他找到了一条虽然牺牲自我却成全了儿女前程的道路。在他看来，儿女的未来就是他及全家的未来，儿女的快乐就是他最大的快乐与幸福。

你快乐，所以我快乐。快乐难道是如此简单而残酷？

你快乐吗？我很想问问徐萍。这个来自贵州的乡村女教师，为了筹集弟弟们的学费和偿还家庭债务而瞒着家人出去卖身——周一到周五在乡村教书，周六和周日到城市卖身，直至两年后道德的自责与身体的病痛行将压垮她时，她才结束了卖身生涯。当她对《南方周末》记者讲述起自己的经历时，她掩面痛哭。而当谈起几个弟弟的学习成绩时，她又不自觉地露出快乐的笑容。她的快乐是建筑在无限屈辱与痛苦之上的眺望。

与真理总被假象遮蔽一样，快乐很多时候也被重重的心酸、苦痛所掩埋、所虚构。走在街上，熙熙攘攘的人群迎面而来，各式各样的表情浮现在他们脸上，我紧紧盯着每一张脸，竭力从这些或喜或悲或平静的表情背后，寻找他们内心真实想法的蛛丝马迹——**对许多人来说，快乐是一种残酷的诱惑，是令他们可以无限期忍受眼下一切苦痛的镇静剂。**

你呢？你快乐吗？

用心感受，然后写信告诉我。

回首一望的悲伤

时光永远是恒量的。我们穷尽毕生的努力，也无法把时光之舟拉长，一如我们无法让父母温情的目光永远跟随在我们身后。

多年以后，面对着每一个类似重阳节的尊老节时，阿建一定会想起多年前父亲与他最后颔首示意那个遥远的早上。

过去多少年，阿建都习惯了这样的场景：早上匆忙出门上班，一边穿着鞋，一边习惯性地向客厅那张老藤椅颔首示意：老藤椅上的父亲捧着温热的茶杯，戴着黑边的老花眼镜，手里拿着一张报纸，微笑着目送他出门。

那一年，在初冬寒冷骤然而至那一天，阿建穿好鞋，准备拉开门，然后依旧回头向老藤椅望去，但这一次，却没有与那道温暖的目光如期而遇——椅子空空，那个熟悉的身影不见了。

此后，在好多次、好多次眼光扑空之后，阿建才强迫自己相信，父亲不在了。

这一天必然到来，阿建早已知道。他只是强迫自己相信，这个世界应该有一些例外，有一些永远不会被时光带走的东西。

但是，他错了。我们每一个人都有错了的时候，只是我们不肯承认。

数年前，我回到家乡小城，请阿建来家里喝茶。每一次久别重逢我们都可以闲侃至深夜，但这一次，才到晚上九点，他就起身告辞，

回首一望，曾经是那温情的目光。再回首一望，只有无限的悲伤。

准备回家。

他告诉我，他父亲在半年多前被查出癌症晚期，现在在家歇养，但估计时间无多了。因为患病的缘故，父亲习惯在九点多就上床休息，所以无论他多忙，也一定要在父亲休息前赶回家，看父亲一眼。

“每一次回到家，我就告诉自己，父亲是见一次少一次了。”

为了让父亲精神放松，全家人都隐瞒着父亲身患癌症的消息。而阿建在父亲面前，更是强装笑颜，一向不善言说的他，去书店买了本《笑话大全》，回家路上就翻翻看看，在家里努力地说说笑笑，引开父亲对身体疼痛的注意。

以前习惯赖床的阿建，现在强迫自己一早就起床，为的就是在离家上班之前，能够跟父亲闲聊几句。在父亲患病之后，在“见一次少一次”的可见结局压迫下，阿建每次离家前甚至不敢回望，不敢与坐在藤椅上微笑的父亲目光相遇，因为他害怕父亲看到他内心汹涌的悲伤。

在过去数十年的家庭生活中，阿建跟父亲也非到无话不谈的地步，就像无数个父与子的关系一样，说不上好到成朋友，也不会坏到成敌人。只是习惯了把彼此当成生活中的一部分，有爱的时候，有恨的时候，有敌对的时候，有相惜的时候。这简简单单、普普通通的父子关系延续数十年，他从未觉得有何特别，也未曾觉得应该被改变或被珍惜——直到父亲癌症晚期的通知书送达他手中那一刻。

一年的冬天又来了。一些新的生命正在为迎接春天而孕育，一些生命也在寒冷中被时光带走。

阿建的父亲走的时候是半夜时分，熟悉的眼睛永远地闭上。最后这一个场景，阿建说，他其实预想了许多次，但最后一刻的到来，还是冲破了他所有预习好的抑制，悲伤喷涌而出。

作为多年的老同学，当阿建跟我描述这一切时，我心里充满了难以抑制的悲伤，因为我悲伤到他的悲伤。

许多年前，我在读海德格尔对“向死而生”一词的描述时，未曾有任何感觉。海德格尔认为人是生物界唯一能够认知自己必将走向死亡的生物，所以，人必须以向死而生的心态，更好地去珍惜去安排自己的人生。

这是一个并不新颖的观点。我们当然可以预知走向死亡是必然的结局，但是又有多少人愿意去想象这样的结局？愿意去为这样的结局提前安排一切？比如更加珍惜某些人，珍惜某段时光，珍惜某段感情。

我们都知道时光必将带走一切，只是我们从不愿相信。

阿建的悲伤，是我们每一个人的悲伤。我们的一生都在一条时光之舟上生活，我们坐在船的一头，父母坐在船的另一头，彼此平衡。当我们弱冠幼齿时，父母正当年富力强。当我们父母把青春的养分输送给我们，让我们年富力强时，他们的身体便逐渐枯萎凋谢。时光永远是恒量的。我们穷尽毕生的努力，也无法把时光之舟拉长，一如我们无法让父母温情的目光永远跟随在我们身后。

回首一望，曾经是那温情的目光。再回首一望，只有无限的悲伤。

理想的受难者

或许我们生活中原本就有这样一些人：他们游离在大众视线之外，他们固执又坚定地行走在别人眼里不可理解的人生路线上。

去北京之前，新华社的李韶青大姐再三向我推荐说："来北京一定要见见李彩霞，很特别的一个人。"李彩霞是个北漂的自由撰稿人，听说诗写得很好，也写了不少反映下层人生活的文章。

在北京的日子匆匆忙忙就过去了，到了临走那一天我才记起还未曾见彩霞，于是约了她下午五点钟在宣武门的崇光百货门口见面。

四点半的时候我从富豪宾馆出门，过了马路远远便看见一个穿着绿裙子的女子，戴着一顶大得好笑的帽子，站在崇光百货门口，手里捧着一本书低头在看。四点多的太阳还很猛，她竟然就直直地站在太阳底下看书，也不懂得走到阴凉的地方去。这人有点傻，我想。

她看到我走到门口，抬起头凝神注视了我几秒钟，忽然问我："你就是林老师吧？"我吃了一惊，对她说："你就是李彩霞？"她笑着点点头，说："是的。我怕你见不着我，所以早早就站在这里等。我住在北大的巴沟村那边，离这里很远，北京又经常塞车，今天我三点钟就出门，怕迟到了。没想来早了。"她比我想象中要精神很多，面容虽然有掩不住的沧桑，但双眸炯炯有神，一个近五十岁的女人有这样的神色让人有点意外。

‖ 理想永远意味着开始。而她愿意付出她的一切，心甘情愿为理想而受难。

先前我从李大姐那里知道了李彩霞的一些情况。李彩霞从安徽大学中文系毕业后，就来到了北京，做过推销员、公司职员、报纸记者，也做过老师，还编过电视剧，但每一个职业都做不长。她曾习油画，并悉心指导弟弟。大学毕业后，她来到北京，而她弟弟则去了海南。他成功举办了个人画展之后，积聚了一笔原始资金，弃画从商，投身于房地产，竟大获成功。弟弟力邀李彩霞过去共同创业，但都被她拒绝了。二十年过去了，李彩霞仍然独身一人，四处漂泊。而弟弟则功成名就，身家千万。

人生有时总是很奇怪，有些人竭力想抓住一丝可以改变自己生存状况的机会，而有些人却对掉在面前的馅饼不屑一顾。

“我不想去工作。许多行业的商业味都很浓，我受不了。所以我还是选择了做一个自由撰稿人，写我喜欢的东西。”她说，顿了一顿又说：“你知道，一个人如果是为稻粱谋而写作，写出来的东西难免沾染世俗之气，而我追求的是面对心灵的写作。”

我不同意她的观点：“如果生存都成问题，还谈什么写作？我们追求理想无非是为了让自己的生活更加美好，如果坚持理想的结果是受苦，我们还要它干什么？”**“你错了！能够坚持不懈地去做一件你真正想做的事，不也是一种幸福？追求的过程或许会受苦，但幸福的感觉却如根深扎于土，只有投入者才会体悟其中滋味。”**

她的神色在这一刻变得凛然。她是一个理想的受难者，一个痛并快乐着的理想追求者，心甘情愿地为理想而受难。

一个近五十岁的女人，至今孤身一人，居无定所。她住的巴沟村小出租屋，雨来滲滴如注，风来则哐啷作响。夏天最热时，她在北图里看书，因为屋里像蒸锅。冬天滴水成冰的时候，她从早到晚在北图看书，因为屋里太冷。一年回家一趟，因为车票年年涨价。而就是这样一个时时为生活的捉襟见肘而窘迫的人，曾作为早期北京三大女撰稿人之一，与另外两个女撰稿人一起上过中央电视台的直播厅。不少书商找过她出书，有电视台请她去当正式的编剧，有许许多多的机会可以改变自己的生存状况，但李彩霞都放弃了。面对心灵的写作，是她对自己最基本也是最不可动摇的准则。

或许我们生活中原本就有这样一些人：他们游离在大众视线之外，他们固执又坚定地行走在别人眼里不可理解的人生路线上。从世俗角度讲，他们是失败者，因为他们一无所有；从人生的角度讲，他们又是成功者，因为他们自始至终为自己的意愿而活，为自己的心灵而活。物质的贫乏未能遮蔽他们对生命的本真认识，在生活千般煎熬磨砺之下，她们的心灵变得锃亮如镜。

“我不会退缩的，我会沿着自己的路一直走下去。”李彩霞说。

她丝毫没有考虑年过不惑青春如水般逝去对一个女人意味着什么，她丝毫没有感觉到岁月之刀已开始在她脸上刻出一道道刀痕。她只知道，她的心是鲜活的，她的心还没有老。对她而言，理想永远没有结束，**理想永远意味着开始。而她愿意付出她的一切，心甘情愿为理想而受难。**

“吾不能变心以从俗兮，固将愁苦而终穷。”屈原硬骨铮铮的誓言，对李彩霞来说，是否也有同感？

裹在洋葱里的爱

有一种爱就如沉淀在洋葱里的气味一样，无形无迹，无处不在，一层一层剥下去，总有一天会让我们泪流满面。

当他还很小的时候，有一次母亲叫他剥洋葱。他剥着剥着忍不住就泪流满脸，母亲笑着说，“傻孩子，剥洋葱是要放在水里剥的，这样才不会伤到眼。”母亲的话他牢牢记住了。下次剥的时候他就把洋葱放在水里，果然眼睛就不会再觉得痒痒的，想流泪了。他想，有母亲在真好，什么事她都懂。

后来，他母亲去世了。有一次，他发现父亲独自一人坐在厨房里剥洋葱，边剥边不断地用手擦眼睛，他忍不住笑了，轻声地对父亲说：“爸，剥洋葱是要放在水里剥的。”父亲抬起头，笑了笑，说：“我知道了。”

日子就这样一天一天地过去了。偶然之中，他又看到父亲在剥洋葱，而且还是拿在手里剥，慢慢地、轻地剥，但洋葱的气味还是弥漫出来，父亲几次忍不住把头扭开，手上的洋葱始终不肯放下，但刺鼻的洋葱味无处不在，虽然父亲尽力抑住，但眼泪最终还是流下来。

父亲看见了他，有点慌张，向他歉意地笑了笑，说：“噢，我又忘了。洋葱是要放在水里的。老了，记性也不行了。”他觉得有点感慨，父亲真的是老了，跟他讲过不久的话也记不住，由他吧。

后来，他慢慢地发现，原来父亲是这么喜欢吃洋葱，隔不了几天就要吃一次。他有点纳闷，以前母亲在时怎么不见父亲这么喜欢吃？

父亲去世时，他已经结婚好几年了，也有了孩子。现在孩子大了，他已步入老年了。人老了总是喜欢沉湎于回忆。他时常还会记起他那慈爱的双亲，想起那过去了的一幕幕，心中总觉有点怅然。

一天午后，他懒洋洋地坐在门外晒太阳，忽然听到妻子在教训儿子："你怎么能这样剥洋葱呢？你看你看，弄到自己满脸是泪。洋葱汁溅出来会伤到眼睛的，傻孩子！洋葱是要放在水里剥的。"

妻子的声音又急又气。刹那间，往事如惊雷，轰然而至。他想起了当年母亲的种种慈爱与教诲，想起了母亲去世后，父亲好吃洋葱，以及他泪流满面但坚持一点一点轻剥洋葱的可笑样子。

他蓦然间醒悟：**年老的父亲喜欢的不是吃洋葱，而是喜欢回味那种裹在洋葱里的亲情与爱。**

有一种爱就如沉淀在洋葱里的气味一样，无形无迹，无处不在，一层一层剥下去，总有一天会让我们泪流满面。

此后的很多时候，在那些阳光明媚的午后，他经常手里拿着一个洋葱，像他父亲当年一样，一点一点地剥，慢慢地剥，忍受着那弥漫开来无处不在的刺鼻的气味，慢慢地流泪。

‖ 年老的父亲喜欢的不是吃洋葱，而是喜欢回味那种裹在洋葱里的亲情与爱。

如果人生是一次借贷，最终都得还贷平衡

人生遭遇的恶不一定只是痛，有时会发现那是最好的青春氧化剂。没有暗，就不会有光。没有痛，就不会有盼——如果生命就是一次借贷，我们最终都得还贷平衡。

初春的广州，阳光和煦而懒散，街上人流涌来涌去，像一群出闸的鱼，带着一脸茫然的惬意，在缓慢的时光河流中游动，人们时不时仰起脸，让阳光温暖着自己被寒风冷却了的脸颊。

我在街上漫步，背后忽然警笛尖叫而至，数名警察表情严肃地奔跑进小巷之中，120 的急救车也随之而至——一个八十多岁的老人从一幢豪华公寓的高楼上跳下自杀了。

这简直难以置信：一个充满温暖美好的黄昏、一幢豪华的住宅楼、一个高寿的老人，就这样毫不犹豫地从高处凌空跃下，在众人的惊叫声中，自我了断这一生一世的悲欢恩怨。

在我居住的这座浮华的城市中，老人们几乎是对生活最认真的一群人：无论是海珠广场吹拉弹唱的私伙局，广州酒家熙熙攘攘的晨早茶市，还是天河体育中心一群群闻歌起舞的矍铄老人，他们的眼神中处处闪烁着生命的光彩。

正因感受到生命的宝贵，他们从不挥霍时光；正因体会到人生的不易，他们学会了从琐屑中寻找无穷乐趣。**在经历了无数人生沉浮之后，所有的苦痛与狂喜都已远去，一切的爱恨情仇都开始淡忘，**

人生已经走至高处，老人们的生命简洁到只剩下宁静与安详。

可是，可是，在这个宁静的黄昏，一个本可享受晚年安详生活的耄耋老人，却毅然一跃而下。在他越过栏杆最后一刻，从高处眺望着脚下熟悉的城市与街道，心中会想起什么？

老人们就是过去的年轻人。与我们一样，他们中的许多人年轻时必然也忍受过为稻粱谋四处狼奔豖突的苦痛，忍受过被爱折磨而无法自拔的悲伤。正因为年轻时总觉有种种未遂的心愿，所以无论生命处于什么样的境况，无论个人要忍受多么大的苦痛，都告诉自己一定要忍住，要在漫长的黑暗中等待着黎明曙光的到来。因为前路有希望在召唤，所以生命便从底处生发出源源的动力，支撑着自己走过人生的无数刀山火海。**人生在低处，苦痛虽然是一种折磨，**

但也是一种动力，一种鞭策，是期待幸福来临的前奏曲。

我认识的一个大叔，妻子早年去世，留下四个嗷嗷待哺的孩子让他独自抚养。他起早摸黑，勤奋做工，一点一滴赚取可怜的生活费去维持一个风雨飘摇的家。生活无穷的磨难造就了他坚忍的意志，所有世态炎凉他都可以一笑了之，再大的屈辱他也可以忍受，因为家的生存需要他，孩子的成长需要他。后来，孩子们一一长大，都很争气，赚了大钱，并给了他很好的生活享受。可是，就在他六十大寿的第二天，他在街边跟人下棋，因为一步棋的缘故，他与人争执起来，由于对方寸步不让，他一气之下，竟然脑溢血倒地，第二天再也没有醒过来。

在人生的低处，再大的苦痛没能让他屈服。在人生的高处，一点点的受气却让他再也无法咽下。

小时候，住在对门的六叔是一个令人讨厌男人——他为人粗鲁，常常口不择言激怒别人，邻居对他群起而攻之。

我时常看到六叔眼中压抑着怒火，但生活的恶意让他保持旺盛的精力。这个五十多岁的男人一周可以跟人吵三次架，两周可以跟人打一次架。吵完、打完，他却该干嘛就干嘛去，若无其事，甚至意满志得。

几年后巷子拆迁，六叔有幸被分到一个高档小区去了，那里的人彬彬有礼，对待六叔也是善意有加。六叔再也无须怒发冲冠了。可惜几年后，我再次见到他时大吃一惊，这个原先神采飞扬的中年人已经迅速衰老了。他习惯了人生的低处，却无法适应人生高处。

从人生的低处走向人生的高处，变化的不仅仅是生存的境况，更是心境，是我们的人生观。当岁月一点点流过去，许多愿望在奋斗中一个个被实现了，在可以安享胜利果实的时刻，回首人生过往的千山万水，有些人会忽然生起惆怅之心，那是一种到达人生高处之后的茫然，对手已在脚下俯首称臣，目标已被征服实现，一切的努力似乎骤然间失去了方向。

当人生失去前进的强大动力，生活便被惯常与慵懒所笼罩，一点点的挫折与不平，反倒变得不能忍受。一点委屈，一次受挫，一些病痛的折磨，让一些人顿时失去生存下去的意念。

在人生的高处，幸福感往往被无形地稀释，而失望感却被加倍地放大。多年前，当张国荣从香港文华酒店十九楼一跃而下时，他是否也感受到了那种繁华落尽后的孤寂？

人生遭遇的恶不一定只是痛，有时会发现那是最好的青春氧化剂。没有暗，就不会有光。没有痛，就不会有盼——如果生命就是一次借贷，我们最终都得还贷平衡。

第三章

相忘于江湖

相忘于江湖

谁能想到，原本意气风发的大憨，一旦坐入往事的角落，握住的竟然还是一把无法自控的泪水。是往事不堪回首的苦痛的泪水，还是历尽沧海后的自豪欣慰的泪水？

我们曾经相濡以沫，然后相忘于江湖。

那天，我正坐在图书馆门口看学生们拍毕业照，缤纷的落叶下，他们阳光般的笑容是如此无邪。走过长长的人生路之后，最令我们动容的就是这种阳光下无邪的笑容。每个人的人生，都应该有一段纯粹的岁月与放纵的青春。

这时，我的手机邮箱收到当年大学的好友老马发来的电邮，她在信中写道："阔别多年，许多往事已经模糊……有些事不值得我记住，有的人则被我故意遗忘……对于当年在中国的大学生涯，我已经忘掉大半，唯一清晰记住的就是学会罗宋汤的做法以及你林阿斗的尊容……"

我大笑。

我也是个健忘之人。对往事的记忆，无论好或坏，喜或悲，我向来也是过之即忘之七八。我相信，虽然人无法选择生活，但可以选择记忆。是我们选择的记忆决定了我们的生活，而不是相反。

与老马一样，走过长长一段人生路之后，我唯一记得牢的，只是一张张生动的面孔。先记住人，然后往事才慢慢被忆起。于是，我想起了我的朋友大憨。

大憨，身高一米八几，体格健壮，头脑清醒，为人憨厚老实，是一个典型的农家娃。多年前，我们是某县中学高三七班的同班同学，同坐一条板凳，患难与共。

从高二起我就与大憨同班，在学习上，我们曾经是难兄难弟——都是属于考试时，看着别人的试卷流口水，看着自己的试卷瞪大眼的那种。上了高三，我开始洗心革面，决心天天向上，好好念书。

大憨也意识到如果不努力读书，以后考不上大学的后果。他那脾气像公牛一样火爆的老爹一定会把他五花大绑了在他们的小村庄里游街示众，然后逼他与一个早已指腹为婚、长了一脸麻子的村姑结婚——这是大憨最害怕的。

他虽然生在农村，却满脑子资本主义的“腐朽”思想。在他宿舍的床铺墙上，张贴着各种各样的港台明星的大头照片。

虽然那时大憨家里很穷，一个月的生活费只有六十块钱，但他宁可省下一顿饭不吃也要偶尔买一两张明星照，这对他来说是极大的精神鼓励。“瞧瞧，人家这种才叫好生活，瞅着哪个长得漂亮就过去跟她搭讪，要个电话和地址，一来一去就成了。哪像我们那村里，嫁来嫁去就那几个丑村姑！”大憨经常愤愤不平地说。

我知道他对被父亲指腹为婚深为不满。

虽然大憨读书极为刻苦，但是成绩并不太理想。除了睡觉之外，他一天有十六七个小时都趴在书桌上看书。有时看得太晚了，他就趴在我们那张小小的书桌上过夜。第二天早晨五点半重新开始早修时，我们经常可以发现口水流出半寸长的大憨还在声震屋宇地打鼾。

高三下学期班里进行了一次高考模拟考，大憨成绩只勉强达到了大专线，他足足有两个星期都郁郁寡欢。平静下来之后，他开始寻思如何提高自己的成绩。

大憨听别人说用针刺大腿可以提神醒脑，对集中精神温习非常有效，当天下午就上街买了一盒大头针。我乍一看他买的那盒大头针，吓得半天没缓过神来——这么粗的一个针头，哪个傻瓜敢往自己大腿上刺？但大憨敢。

大憨是属于毅力与决心可以胜天的那一种人，他总说自己没白当十多年农民——一个脸朝黄土背朝天辛苦劳作过的人，他们内心的刻苦精神不是我这种没下过田的城市小孩可以相比的。

不料造化弄人，针刺大腿一法并不灵验，他的大腿已经伤痕累累，成绩仍然没有起色。我劝他不妨迂回一点，看看有无其他途径可以提高学习效率，或许另有意外收获。大憨接受了我的建议，找机会去打打篮球运动一下，提高精神活力。

在距离高考仍有两个月的一天，大憨特意在烈日炎炎的午后，向我借了一个篮球，自己跑到操场上进行投球练习。在此之前，他从未摸过篮球，拿着篮球竟然不知如何下手。他想了想，就抱着篮球径直走到篮筐底下，双手握球，虎目圆睁，臀部下沉，深吸口气，然后把球使劲往上扔——悲剧就在此时发生了，那个球不偏不倚正好打在篮球铁筐上，在大憨的大力扔掷之下，球以同样的力道强烈反弹回来，准准地打在他的门牙上。“咔嚓”一声，大憨一向引以为豪的那个大门牙就此折断。

事故发生之后，我在学校的小诊所里找到刚敷完药的大憨。看到我，他满脸苦痛地叫了我一声：“阿狗（阿斗），我好惨……”（他豁了一颗牙，所以口齿漏风讲话走了音）

我甚为愧疚，没想到我的建议令大憨失去一颗宝贵的门牙。此后一个星期，我不敢当着大憨的面刷牙，以免引起他的悲伤与哀怨。

种种尝试失败之后，大憨只好又把注意力放回伏案读书上。虽然大憨的成绩不算优秀，但是各科成绩还算平均，除了语文差了些

之外——大憨最怕的就是作文，一拿起笔他就觉得没有头绪、言之无物。他自己也知道，如果高考作文过得了关，他的总成绩应该上得了第一批院校。

黑色七月无可回避地到来了。那一年的高考语文作文，让人惊讶地出了一道只有两个字的题目：尝试。要求考生以自己亲身尝试的一次体验，写一篇有生动描述的记叙文。

天助大憨！在许多人搜肠刮肚不知如何下笔时，大憨已经内心窃笑着挥笔如神——他以自己付出宝贵门牙为代价的故事作楔子，洋洋洒洒地写开了。不用说，这种有血有肉的感受的故事最感人，大憨成功了！他的高考语文成绩奇迹般在全校文科班中名列第三，让熟悉大憨的语文老师都大跌眼镜。

我与大憨都幸运地跃过高考这条千军万马拥挤的独木桥。大憨到了遥远的北方——他成了西北政法大学一名光荣的大学生。

此后几年，风尘仆仆，我们都在大学里努力地开拓自己的新生活。大家遥隔两地，虽未曾谋面，但彼此仍保持密切的联系。大憨不停地给我写信，说他进了学生会，说他下乡去进行义务教育，说他入了党，说他暗恋班上一个姑娘。让我感慨不已的是，他说他第一次拿到奖学金时就去给自己镶了一颗牙，而且是金牙，然后还买了一个篮球。

他在信里告诉我，他至今仍然感激我当年给他的建议——虽然让他失去门牙，但间接地让他高考大获成功。他还说，他开始爱上篮球运动了，决定利用他的身高优势好好在这方面锻炼一下，日后我们见面时，能与我好好切磋。他的憨厚让我感动得眼眶发热。

阅读着大憨那一封封涂满了粗犷浓厚笔迹的信，我仿佛看到了在北方某个天气晴好的午后，一个健壮的年轻人，脚蹬一双廉价的回力球鞋，穿着一件已经发黄的、印着“普宁二中”的旧的白背心，在空无一人的篮球场上，步伐笨拙地运球前进，他的背上透着一颗颗汗水，阳光打在他的脸上，照出一个闪闪发光的大门牙。

那是 90 年代末的一个平静似水的夏天。风铃在我的书桌上方叮叮当当响个不停，日子一天天从窗外无声无息地乘风飞过。我坐在建阳苑 3 幢 304 宿舍中，凝望着窗外的木棉树，想念着遥远的大憨。

在我升上大四的那年，大憨写信告诉我，他将在近期坐火车经广州返家，可能顺便到广州来探望我。

在一个酷热的中午，我正汗流浃背挤在一楼的大饭堂里埋头吃饭，忽然听到一个炸雷般的声音："阿斗！"

我扭头一看，一个黑大汉背着一个破旧的背囊，肩上搭着毛巾，站在饭堂门口冲着我傻笑。黑大汉涔涔流下的汗水在他乌黑的脸上冲出一条条痕迹，我仔细辨认了一下，原来是大憨。

那天晚上，大憨就在 304 宿舍住下。晚上十二点，一宿舍的人都准备换衣睡觉，大憨也开始脱衣准备上床。他把上衣脱下，光着上身，上了回厕所。回来又把长裤脱掉，剩下一条咸菜似的小内裤，样子有些不雅，我正想提醒他注意形象，尚未等我开口，却吃惊地看到大憨正准备脱个精光。我手疾眼快，一把按住他，低声地喝道："干吗？"这回轮到大憨吃惊地望着我："天气这么热，我们在西安都是脱光睡觉的，难道你们是穿着裤子睡觉？"

第二天，大憨就说要去打个电话回家，告诉他爹他过两天就会回到乡下。我带着他到学校明湖旁边小斜坡上的电话室，给了他一张电话卡，让他自己进去找个电话打。大憨望着我手中的卡，双手搓了搓，不好意思地说："我没用过这玩意……"我一把塞给他说："上面都有说明，而且也有语音提示，你按着做就行。"他顺从地进去了。

我足足在门口站了半个小时，也不见大憨出来，心里暗暗在骂：这小子肯定将我的卡打完了。末了，大憨出来，一脸迷惑不解。我问他打了电话没有，他嗫嚅着说："这卡，这卡，我没办法用啊。我按上面的指示做了，可是提示音说'普通话，请按1；粤语，请按2；英语，请按3'。我老爹只会讲潮州话，你说我按哪一个键？"我当场眼前一黑，差点就昏了过去。

大憨，我的兄弟！

时光就像流水，一转眼我们都大学毕业了。大憨以优秀的成绩被国家石油局录用，并派驻非洲工作。背负着理想与梦想，我们又开始了新一轮的赛跑与奋斗——无论身处何时何地，我们总是想着自己有一天能够出人头地。

自那一次大憨到广州探望我直至大学毕业好多年，我一直都未曾见过他。我不知道他是否还像以前一样，以追求自由恋爱与生活宽裕为人生行动的圭臬。但我相信，作为一个朴实、勤奋的年轻人，大憨终有一天会通过自己的努力梦想成真。

某一天，大憨忽然给我打来电话：他回来中国，而且到广州来出差了。

我们相约在天河后街的潮州餐馆里见面。多年未见大憨，他比以前更为健壮黝黑，肚子已经微微有点凸出，腋下挟着一个黑色的公文包，戴着一副非洲黑帮惯有的有色大眼镜，无论近看还是远看，横着看还是竖着看，他都像一个非洲的酋长，一点不像一个潮汕人——虽然他讲普通话时还是一口浓重的潮汕音。

我们在餐馆里飞觞醉月、把酒言欢，尽叙前尘旧事，言至得意之时齐齐拊掌大笑。谈到高中生活的艰苦、大学生活的难忘以及毕业后为稻粱谋奔波的不易，谈到他在非洲难忘又惊险的生活，大憨的眼角忽然间挂上了一颗泪珠。那是一颗晶莹透彻的泪珠，在昏黑的灯光中，这颗泪珠像钉子一样钉进了我的记忆。

谁能想到，原本意气风发的大憨，一旦坐入往事的角落，握住的竟然还是一把无法自控的泪水。是往事不堪回首的苦痛的泪水，还是历尽沧海后的自豪欣慰的泪水？

那一年，我意外地收到了大憨从刚果寄来的一封信，大憨告诉我他已经找到了意中人，准备明年年初结婚。信中还附了一张照片，是大憨与一个女孩子的合照。上面是一个黑乎乎的姑娘，但一看就

流走的，只是时光。留下的，就成了回忆。我们曾经相濡以沫，然后相忘于江湖。

是心地善良、善于生一堆娃的非洲女子。大憨笑得很甜、很憨，那是一种发自内心的喜悦与自豪。

我仔细端详着大憨的照片，脑海里倏然掠过无数往事的片段：我看到了大憨床铺上方的墙上贴满了各式的港台女明星，想起了他发誓要抗拒他老爹的命令，争取恋爱自由的坚决，想起了他被篮球打碎门牙时的无奈与苦痛，想起一起在早晨五点半顶着凛冽寒风去教室早读的那些日子……记忆像老式的黑白电影，一幕一幕呼啸而来。我抓不住往事这变化无常的脸，却发觉当年懵懂无知的我们都已经长大成人了。我再细看照片，发现大憨嘴里那颗显眼的金牙似乎也在咧嘴而笑，替他的主人高兴。

这些年来，我曾四处闯荡，行走天下，努力实现自己的人生梦想。总在不经意的时候，收到某个旧友的电话或信函，诉说这些年中他们所遭遇的喜与悲、得与失：有的发达了，有的破产了，有的嫁人了，有的做了父亲，有的则在爱情的泥淖中苦苦挣扎……那时那刻，我心里总有种说不出的感慨。

在那些疲惫无眠的夜晚，一张张本该忘记却又无法忘记的面孔，又会在脑海中浮现。我总会想起大憨，想起许多与我相识、相知的朋友，不知另外一片天空下，他们又经历着怎样的冷暖人生。

曾经一起走过的日子，那些一起经历的喜悦与悲伤，感觉有些模糊了，淡忘了，有的则变成了断断续续的碎片。唯一记住的，只是一张张充满表情的面孔。

流走的，只是时光。留下的，就成了回忆。我们曾经相濡以沫，然后相忘于江湖。

被遗忘的记忆

忽然间，记忆如闪电般轰然而来。多么熟悉的场景，这一幕，这一幕中的主角，多年前是阿珠的父母，而现在却变成了阿珠夫妻。命运就像一个圈，阿珠费尽了无数的努力去改变轨道，却不料最终仍是回到了原点。

阿珠从小就跟我是邻居，她年长我三岁，是那种很早就懂事的女孩子，十三四岁就开始帮忙家里操持家务。虽然生活环境并不好，但阿珠天生丽质，皮肤白嫩细腻，一双乌黑的大眼睛透着灵气，长长的辫子随风摆动。

那是80年代初期的时候，我们都生活在南方一个乏善可陈的小镇上：一条不宽的小河穿过城市的中心地带，泛着白沫的河水有气无力地流过，偶尔漂过的死猪从河水中猛然冒出，引起一阵惊叫与笑骂。电影院门口的广场周围就是小镇的中心，每到夜晚，贩夫走卒、引车卖浆的谋生者就会挤满广场，营养不良的小狗在人群中兴奋地来回穿梭，伸长了嘴巴边走边咬，不放过任何一处可能存在的惊喜。站在镇上的任何一个位置抬眼望去，都可以看见不远处的黝黝青山。

阿珠的父亲是厂里的钳工，身材高大，脾气时好时坏，一家七口人的生活负担全部压在他的身上。阿珠父亲最大的嗜好就是喝酒。每天下了班，他总要去外面小店里喝上几杯，喝至半醺时，就开骂，骂厂长，骂阿珠的母亲，骂阿珠姐妹读书的学费，骂这糟糕天气，骂一条偶然路过的狗——人生的种种不如意对于阿珠的父亲来说，就是一碟下酒的菜。一家人繁重的生活压力使他几乎无法喘过气来，所以放工之后的酗酒对他来说，就是自我的精神狂欢，一种对现实苦痛的超脱。

阿珠的母亲对于丈夫的酗酒以及丈夫酗酒之后的暴躁脾气可谓恨之入骨。她想尽一切办法去改变丈夫这一劣行——劝说、咒骂、打闹、砸东西，甚至威胁离婚，整整十几年时间中，阿珠的母亲从一个妙龄少女变成中年妇人，她从未放弃过抗争，但所有的努力并未能改变她一直试图改变的一切。

而对于阿珠来说，生活的痛苦记忆就是从父亲醉酒回来的那一刻开始——母亲唠叨开骂，父亲挥拳便打。母亲受了气无法发泄，转过头来就对阿珠姐妹横加呵斥。这样的场景，日复一日，年复一年，从不间歇地上演着。

那一次，我偷偷趴在阿珠窗户边上，看到阿珠父母正红着眼互相掐架，地上到处是散落的衣物，阿珠与她妹妹站在客厅角落里，低着头，垂着手，颤抖着。阿珠白皙的脸上，有一个手掌印，鲜红如血，触目惊心，眼泪正一颗颗从她脸上滑落。我被眼前的暴行惊呆了。

许多次在跟阿珠一起去上学的路上，阿珠总是跟我说，她现在是痛苦的，但她不恨父亲，因为所有生活的压力都在他在肩上。她也不恨母亲，因为一个女人维持一个风雨飘摇的家庭也不容易。阿珠说如果可以的话，她日后可以牺牲一切，去拯救父亲被酗酒恶习所囚禁的灵魂。

我被阿珠的善良感动着。在任何一个孩子心中，外面的世界太过遥远而宏大，而拥有家的温暖与和睦，拥有双亲完整的爱，就是一个孩子对幸福的全部理解。父母不能给予我们锦衣玉食的生活，我们并无怨言。但是如果我们的童年记忆是从家无宁日、受尽屈辱

爱会是一种记忆，恨也会是一种记忆。相对于爱的甜蜜，恨的苦痛往往令我们的记忆变形，表面被遗忘的记忆，其实变成了心中一道永远挥之不去的阴影。

开始，那么痛苦的记忆无论过了多少年，会依然历历在目。对于阿珠而言，幸福人生就是要摆脱童年这段屈辱的记忆，而第一步就是找一个疼她、爱她，而且绝不喝酒的男人。

日子一天天地过去了，阿珠慢慢长大了。十八岁那年，阿珠高中毕业后，开始到镇上一间针织厂上班。由于阿珠长得极漂亮，前来提亲的人络绎不绝。经过一轮又一轮的PK，最终只剩下三个追求者。三人条件相当，这令阿珠有些为难。

又经过几个月的艰难斗争，阿珠终于选定了阿强作为自己的丈夫——而令她下了最后决定的原因很简单，阿强在无意中说自己有酗酒的习惯，希望找个好妻子管一管自己的坏毛病。

我几乎不敢相信自己的耳朵。多少年来，阿珠无穷痛苦的根源正是父亲的酗酒，而她这些年的努力也无非是想逃离那段屈辱的记忆。酗酒一词对阿珠而言，应该就是魔鬼的代言词，为何她最终却仍然选择了一个有着不可原谅的习惯的人来当自己的丈夫？“如果我不拯救他，他就可能重蹈我父亲的道路，毁了某一个家庭的幸福。”阿珠说。

阿珠出嫁的那一年，我搬离了小镇，上了大学，在大城市里工作，恋爱，奋斗，时间一日又一日过去了，整整好多年，我没有回去过小镇，也没有见过阿珠。

是否有时候爱会是恨的一种伪装？或者恰恰相反？好多年来，想着阿珠的痛苦想着阿珠的爱情，我总在想着这个问题。阿珠出嫁时的幸福与她父亲酗酒之后的怒吼，总是交叉在我脑海中回荡。在许多个月照无眠的夜晚，过往一幕幕的生活景象总是如黑白电影般浮现。不知道这些年，阿珠过得好吗？

那一年我回到小镇，找到了阿珠的妹妹，让她带着我去探望阿珠。我们在漆黑的街道上行走了许久，终于找到了阿珠的新家。尚未敲门，就听到她家里的吵闹声和打砸声，窗户大开着，阿珠的丈夫一副醉眼蒙眬的样子，正与阿珠掐架，两人都红着眼，一边咒骂着一边大力地推拉。阿珠显然不是丈夫的对手，她被推倒在地上时，号啕大哭起来，披头散发，小儿子惊恐万丈地缩在电视柜前面，像一只小羊羔。

我在门口停住了，呆呆地望着这一幕。阿珠妹妹不屑地说：没什么，他们经常这样，姐夫是个酒鬼，就像当年我的父亲一样。

忽然间，记忆如闪电般轰然而来。多么熟悉的场景，这一幕，这一幕中的主角，多年前是阿珠的父母，而现在却变成了阿珠夫妻。**命运就像一个圈，阿珠费尽了无数的努力去改变轨道，却不料最终**

仍是回到了原点。

我把礼物在门口放下，悄悄回头而走，心中有说不尽的感慨。

父亲酗酒的苦痛记忆对于阿珠来说，似乎是一段被遗忘的记忆，当年出嫁的她所想到的，只是想拯救一个醉酒的灵魂，想去拯救一段可能被酒徒毁掉的潜在幸福，但是她忘记了的是，母亲耗尽一生的努力，也未能走出丈夫酗酒的阴影。

在被遗忘的记忆面前，阿珠的生活进入了一个轮回。

每个人都在轮回，在被遗忘的记忆面前。我见过许多失恋的人，他们因爱而伤，而情而恨，口口声声说恨死他（她），但到最后他们结婚的另一半恰恰正是那一类令自己痛苦的恋人——**爱会是一种记忆，恨也会是一种记忆。相对于爱的甜蜜，恨的苦痛往往令我们的记忆变形，表面被遗忘的记忆，其实变成了心中一道永远挥之不去的阴影。**

在红尘中迷失，在味道中知返

这翠油油的炒生菜像是春天的颂歌，这牛腩萝卜煲像是大地的沉思，这清蒸茄子像是夏天的蛙鸣，这苦瓜炒蛋像是离人的苦盼。

一

表姐是典型的潮汕女人：端庄、勤快、顾家，还很独立。年纪很轻时，她就离开家乡在外面工作。后来，表姐找了一个年纪大她挺多的本地男人做伴侣。

我第一次见到表姐夫时有点意外，这个男人长得矮、土，还有点丑，感觉配不上表姐。

我问表姐：为何是他？

表姐想了想说："我开始见到他时，对他没有任何感觉。后来，他总主动煮饭给我吃。他虽然长得粗犷，但是做菜做饭却很精细，我觉得这个男人应该心很细腻，对人会很用心。"

"有一年春节我没有回家，他留下来陪我过年。"表姐继续说："他是客家人，却在那次年夜饭上煮出满满一桌子的潮汕菜——原来半年来，他常偷偷去潮汕菜馆请教师傅，为的就是把潮汕菜做正宗。那一晚，我吃着他煮的潮汕菜，听着窗外响成一片的鞭炮声，感觉既伤感又温暖。身在他乡，但故乡的根就在这一刻的味道里。这个男人以及他烹饪的味道让我找到回家的感觉。我就这样被他打动。”

表姐夫是个粗人，但他在煮饭时，老觉得自己是个诗人。他还常打笑我：“林表弟，你是伪诗人，我才是真诗人。诗人不过是从无中看出有，我把粗糙炒成美味，所以我才是真诗人。”

我时常也觉得，煮饭是一种比写诗更接近诗意的行为。诗歌通过文字把生活演化出诗意，而煮饭通过味蕾直接把生活与诗意融为一体：**这翠油油的炒生菜像是春天的颂歌，这牛腩萝卜煲像是大地的沉思，这清蒸茄子像是夏天的蛙鸣，这苦瓜炒蛋像是离人的苦盼。在诗歌没落的时代，煮饭是对诗歌的最后救赎。**

2015 年年初，表姐夫被查出癌症晚期，病情迅速恶化。一生尝尽美味佳肴的他，最后三个月已经无法吃下任何固体食物。

在感觉自己气数将至的那天，他平静地请求表姐熬一碗他喜欢的潮汕粥，送上一碟咸菜——对于病情恶化的表姐夫来说，每一口食物的下咽都如刀割般痛苦，但他仍然微笑着一口一口地吃完这碗粥。

他知道自己将进入永恒的黑暗，没有尽头，没有路标，没有灯光，但或许这熟悉的味道能让灵魂迷途知返。

表姐夫终于去了永恒的天国。这个普通的男人没有留下任何值得流传的文字，但在我的记忆里留下比诗篇更久远的味道。我会忘掉他的模样，但我不会忘记他曾经带来的味道。

我们在红尘里迷失，但终会在味道中知返。

二

作为追求完美的处女座，我时常思索如何煮出一桌完美的饭菜。我阅读、我学艺、我偷师，很想煮出一餐色香味、神气形完美的饭菜，

但我仍然感觉自己离完美很远很远。

我一直想不清楚：什么是完美？

我问厨房扫地阿姨：什么是完美？扫地阿姨说：我天天扫地，灰尘去又来，完美就是与瑕疵不断搏斗。

我问餐厅里收银小妹：什么是完美？小妹说：我看惯虚幻的熙熙攘攘，热闹散却后的安静才是真实的完美。

我问开摩托运泔水的大哥：什么是完美？大哥说：我每天匆忙地载着日子来来去去，把忧愁载走之后就是完美的快乐。

我问枫荏毗苑做包子的阿姨：什么是完美？阿姨说：我每天点火燃灶把粗糙化为精细，把无味变成美味，完美就是无变有、差变好。

如果人生是一次生命的长征，那么煮饭就是一场自我的修行。每一件精美食材的挑选，就如一场街角邂逅的惊喜相逢。每一个生活中很卑微的人，一旦他们拿起锅铲，点燃炉灶，围上围裙，认真地烹饪每一道菜，那一刻诗意一定也是满溢他们的脸上。

我曾经苦苦追问完美生活的意义，遍寻不获。后来，我认真对待每一次煮饭，如同对待一次严肃的心灵修行。那时我忽然感觉，道就在此刻、此地、此身。

道不远行。人生的意义或许就化身在味道中，生活的乐趣就隐藏在舌尖上。以煮饭为修行，我们同样可以悟得地如何老，天如何荒。

三

一个企业家朋友问我：我觉得生活好累，如何才能快乐？

我告诉他：不用去环游世界，认真去给家人煮几次饭就够了！

人生的快乐源泉有三：心足、心静与心喜。当你拿起锅铲时，锅里千军万马全部听命于你，你会有种厨房里凯撒大帝的心足；当

旺盛的灶火腾腾而起，喧嚣的世界顿时消失，你的心静得能听到锅里食材每一次粗重的喘息；当你把美食摆满饭桌，看一群亲爱的人大快朵颐的满足样，你的心喜油然而生。

所以，每当有朋友诉说被卑鄙的世界伤害，失去对生活的热情时，我就会热情地告诉他们：去，去煮饭，煮饭可以忘记卑鄙。卑鄙会成卑鄙者的墓志铭，煮饭会是终结忧伤的通行证。

天空总下雨，人生难免跌宕，寒冷也会来临，但山一程水一程，暴雨之后会是艳阳，寒冬里一顿饱饭也会让我们的人生观顿时改变。

许多人行走四方，表面上是为梦想而努力，其实只是如猎犬般被欲望牵引而行——有些人走得太远，最终忘记了出发的意义。但在某一刻，一种熟悉的舌尖上的味道就会让人放弃行走万里的冲动。**心有多野，你就会走多远。但记忆中的味道有多诱人，远行万里的你，终会迷途知返。**

灿若夏花

此后每当我走过花圃，看到那些在风中摇曳盛开的花，想象她们在漫漫黑夜里隐忍缄默，想象她们怀揣期望奋然生长，最终灿然怒放，我内心有一种说不出的感慨。

读研究生时，我曾经去过一所偏远的初级中学支教半年。从地理位置上讲，那所学校在荒山野岭，离最近的镇里骑车都要数个小时。我之所以会来这里支教，很大程度上是被这所学校文雅的名字所诱惑了——三都书院。这所建于清道光十年（1830 年）的民间私塾，数百年过去了，变成了一所乡村初级中学。

隔壁曾住过一对父女。父亲许喜欢是学校里的炊事员。有一天他从乡下回来，带来了一个小女孩，说是他的女儿小花，今年十四岁。小花天生严重弱视，长得很瘦弱，怯生生的样子。

许喜欢的妻子因病去世好几年了。他自己也六十出头了，加之成年工作劳累，腰已经有些佝偻，看起来比实际年龄要老得多。我们一直以为他没有儿女，没想到原来他还有个这么小的女儿，而且还是个盲童。可能这是他的伤心事，许喜欢以前从不曾在我们面前提过。

小花认得不少字，这也是许喜欢的苦心——在小花很小的时候，他就请了一位盲人老师专门来教她识字。比起学校那些同龄的正常孩子，小花的知识水平竟然一点都不比他们差。老许自己也学会了不少教盲孩的方法。

每天黄昏下班后，老许戴着老花眼镜，坐在门口，一字一句地背故事或念课文给女儿听。小花歪着头，侧着身子伏在老许膝上很入神地听。老许心情好时，还会咿咿呀呀地教小花唱一些老掉牙的童谣，父女俩一唱一随，抑扬顿挫。我们都笑老许可以去幼儿园当老师了，他讪讪地笑着。老许自己小学都还没毕业，做这种文绉绉的事真是难为他了。

在念课文时，他时常念着念着就停住了，搔搔脑袋，歪着头半天想不出来，然后就在巷口冲我大喊："我说林秀才，你来看看这个……这个字怎么念来着？"老许平时为人粗粗犷犷，在教小花读书上却极为认真，任何一个字不明白他都一定要先搞清楚了才讲给小花听。我们都为他的一片苦心感慨不已。

小花很是聪明伶俐，人也活泼开朗。院子里时常可以听见她自个儿玩时"咯咯"的笑声。小花时常很自豪地对我说："我爸说他攒够了钱就要送我去医眼睛，然后带我去看喜马拉雅山还有去很远很远的地方看仙鹤。我真希望我的眼睛能快点好。哥哥，我爸长得什么样子的呢？"说着说着她就会流露出很向往的神情："要是我能看见这个世界该多好啊，哪怕只有一天我也心甘情愿。"

那是夏天的傍晚，小花央求我带她去学校花圃看花。她一朵一朵花地仔细摸着，好像摸着世上最奇异的珍宝。她的脸上显出惊喜的光彩："哥哥，这个是什么花？那个又叫什么花？"小花仰着头问。其实，我也不知道这些花叫啥名字，而且就算知道了，对一个小盲童来说又有何意义呢？于是，我告诉她："世上所有的花只有一个名字，都叫夏花。"

"夏花！嗯。但我为什么看不到她们开花呢？"小花显得很高兴。

"花只在黑暗中才开花。你看不到，我也看不到呢。"

那次学校组织职工进行体检，老许被查出了癌症，而且还是晚期。对于老许来讲不啻晴天霹雳。他伤心的不是自己将不久于人世，而是他不在了，小花一个盲童日后如何生活。老许苦苦恳求校长想办法送小花去医治，他说自己来日无多，而他这辈子最大的心愿就是看到小花眼睛能够看见光明。他自己决定不住院，把住院的钱一分一分省下来。

校长可怜他的一片苦心，号召全学校的职工捐钱给小花治眼睛，又从校务里拨出一笔钱。我们几个大学生都可怜他们父女俩的境况，也十分积极踊跃地出钱出力。

小花多年的愿望终于快可以实现了。在她拆线那天，学校几乎所有的人——从老师到学生都去了。在这一刻，大家都觉得逃课是名正言顺的事——黑压压一大群人围在病房外激动地等待着。我背着已经走不了路的老许前去，他紧张得语无伦次，一路上三番四次地问我："林秀才你说，手术成功了小花会怎么样呢？她会认得我么？"

我知道他内心的激动。我们屏住气，紧张无比地看着纱布一圈圈被拆开。小花的眼睛慢慢睁开，她向四周望了望，茫然地叫了声："爸，你在哪？"老许狂叫一声从我背上滚下，挣扎着向小花走去。小花紧紧地扑入老许的怀抱，父女俩相拥而哭。不少人都高兴得泪眼涟涟，连平时总是黑着个脸一本正经的校长也不断地用头轻撞着墙，用手抹着湿润的眼角，喃喃自语道："这下可好了，这下可好了。"

小花虽然视力还是远不及正常人，但毕竟从此结束了处于漫漫黑暗的痛苦。老许特别高兴，他一会高呼感谢党，一会又高呼感谢学校的关怀，似乎忘记了他自己的病情。他拉着周围人的手又哭又笑，说到天堂时一定还记得我们的恩情，来世必会报答。

就在小花复见光明的三个月后，老许溘然长逝了。出殡那天，小花站在老许的棺木旁，双眼哀哀地望着她爸，仿佛整个世界只剩他们父女俩，那凄绝的眼神让所有人都感到鼻子酸酸的。整个过程，小花一滴眼泪都没流，但她的手牢牢地、紧紧地扒着爸爸的棺木不肯放松。棺木被抬上了灵车准备运往殡仪馆，小花在车后小步跑追着，声音哑哑地细声唱着老许以前教她唱的那些童谣，许多女老师忍不住潸然泪下。

校长嘱咐校办公室准备通知家属前来处理一些后事时，办公室主任才发现老许几乎没有亲戚，唯有一个表妹在江西。他表妹接到电话后很快赶到。

小花有点茫然地望着这个女人，校长推了她一下说："这是你姑姑啊。"小花怯生生地拉着她的手喊了声姑姑，那个女人很诧异地问

小花是谁，大家都给她问懵了。校长说："这是老许的独生女儿啊，你不认识么？"她困惑地说："我表嫂不能生育，她哪来的女儿？"所有的人都呆住了，人们把眼光投向了小花。小花被这突如其来的变化弄得手足无措，她哇一声地哭着跑了出去。

许多人感到事有蹊跷，就追问老许的表妹究竟是怎么回事。她说因为老许的妻子身体有病不能生育，所以结婚多年两人一直都没有孩子，绝对不可能会有女儿。

那天晚上，我们几个支教的学生在教务长家里喝茶。到了很晚，准备告辞的时候。小花忽然进来了。

她的双眼红肿，脸色苍白。坐在凳子上低着头，声音嘶哑地问主任："主任，我……我是不是我爸的亲生女儿？"在昏黄的灯光下，她的眼神是那么凄绝，主任宽慰她说："怎么会不是呢？你别听别人乱讲。我跟你爸是多年朋友，我最知道他的为人。他这么疼你，你绝对是他的亲生女儿！"她一言不发地坐着。我们都劝她回去休息，不要多想。

小花走后，主任实话告诉我们：老许在临终时刻，曾对他讲过小花的确是他抱养回来的——那次他出差到外，半夜回家时发现街道上有个弃婴被人放置在一家商场的门口。天气寒冷，女婴已经被冻得脸色发青。老许心头一热就把她抱了回来，回来后才发觉是个盲童，但他还是决定把她抚养长大。老许之所以要一直隐瞒小花，只是不想她在天生要忍受被黑暗吞没的痛苦之外，脆弱的心灵又要承受被亲情抛弃的凄凉。

作为老许多年的朋友，主任体会到他为父的一片苦心，答应老许保守秘密。但是现在，小花已经看出事情的端倪，且她已经长大成人，有理由知道自己的身世。主任在犹豫是否应该告诉她真相。

三天后，我正在收拾包裹，结束支教生活准备返回广州。那天傍晚，小花又来到我的宿舍。她表情平静地说："林哥哥，原来我真的不是我爸的亲生女儿。我昨晚在我爸的箱子底子发现了这个东西。"我接过来一看，是一张发黄了的出生证明，纸的背面歪歪扭扭地写着一句话：本人家庭贫困，实在无力再抚养一个残疾孩子，如有好心人收养她，我将终生感激不尽。

我的心一沉，她终于知道了事实。小花哽咽着说："我从来没见过妈，但爸从小就一直跟我讲我小时候妈是多么疼我，还跟我讲了好多好多很美好的童话故事。那时候我一直都为自己感到欣慰，我虽然眼睛看不见，但我有母爱有父爱照亮我的生命。我现在明白了，这么多年来我一直是活在我爸为我编织的一个美丽的虚拟世界之中。"

她顿了一顿说："我爸为了我能早日医治眼睛，他把自己治病的钱省下给我。但是，如果我的复明得到的是这么一个无情的现实结果，我宁愿我一直生活在一个让我感到温暖的黑暗世界中。"

我无言以对。我为小花曲折多舛的命运感到难过，但同时也为她终于可以像正常孩子一样开始新的生活而欣慰。

小花回到一个叫梅村的乡下去了。那里是她自小长大的地方，虽然没有亲人，但毕竟环境对她来说是熟悉的。我在心里祝福她能有一个好的生活。

多年后，我有一个远房亲戚刚好从梅村过来，我问起小花的近况，她说："你说那个盲人么？她现在在乡里小学当音乐老师，教孩子们唱歌，孩子们很喜欢她。她真是奇怪，一个盲人啥都看不见，却花了很大的精力在学校里整了一个花圃，种了很多很多的花。别人开玩笑问她知道自己种的都是什么花吗？她说，夏花。"

我很不悦她这样称呼小花，就不客气地对她说："盲是以前的事，请不要再这样叫她。"

她很诧异地说："谁说盲是以前的事？她从城里回来不久，眼睛

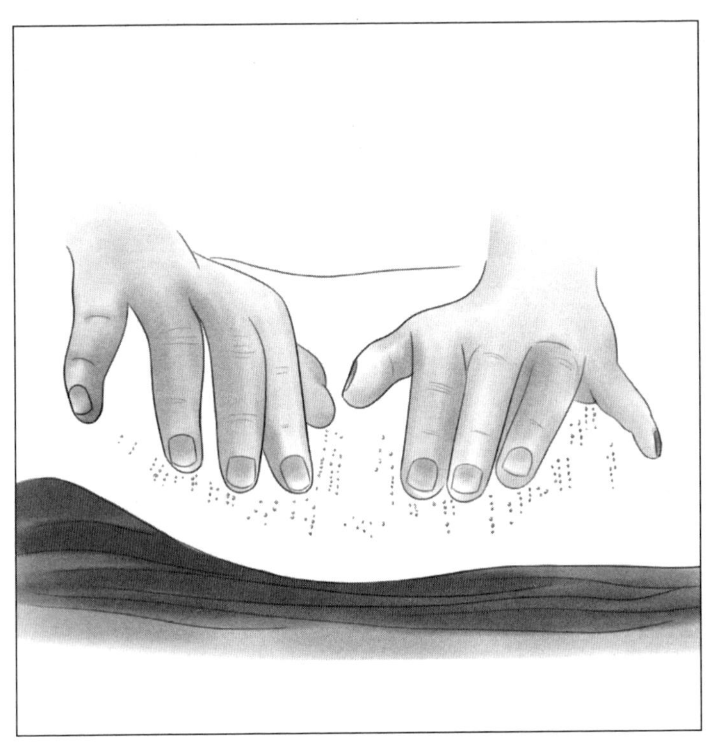

世上只有一种花，叫夏花。世上有一种人生，叫灿若夏花。

就发炎了，不过她拒绝再去医院治疗，后来慢慢又瞎了，你不知道么？”

我内心大震，一把抓住她的手问：“这怎么可能？她好不容易治好眼睛怎会让它再失明？”她不屑地说：“我怎么知道。或许她觉得失明比看得见更好吧。”那一刻，我内心一片茫然。

我想起小花曾经说过的那些话，她真的让自己回到那个无边黑暗但对她来说熟悉且温暖的世界去了。

生活有很多无奈的事，许多事情的结局总是出人意料。让小花能够重见光明是老许多年的夙愿，但对于小花来说，复明却意味着一个美丽童话的破灭。在一个无边黑暗的世界里，她拥有的是宁静，是温暖，是欢歌笑语的童话，而不是这个让她失望的现实世界。

此后每当我走过花圃，看到那些在风中摇曳盛开的花，想象她们在漫漫黑夜里隐忍缄默，想象她们怀揣期望奋然生长，最终灿然怒放，我内心有一种说不出的感慨。

世上只有一种花，叫夏花。世上有一种人生，叫灿若夏花。

第四章

停留在时光的乌托邦

停留在时光的乌托邦

每个人心中都有一个乌托邦，无论它是真实存在抑或只是一种心灵的景象。

朋友问我：你走过的地方中，哪一处最让你念念不忘？

这个问题令人困窘，一如那些没有答案或是你根本不想有答案的问题一样：你爱你爸爸多些还是爱你妈妈多些？

我不是一个比较主义者，但我是一个怀念主义者。那些走过的路，飘过的云，渡过的海，登过的山，见过的人甚至是荒废过的日子，每一处都像雨滴一样渗透进我的心里。当记忆与想象融化在一起时，再久远的岁月都可以被清晰定格——**夜深人静时，我依然可以听到多年前第一次在黄山之巅观看日出时的怦然心跳，那时凛凛的山风僵硬了笑容，清晨的松露如同激动泪水般洇湿了面颊。**

行走在奇妙的大自然世界中，从荒芜大漠到茫茫草原，从雪山冰川到热带雨林，许多虔诚的行走者都如陶渊明一样——期望在行走中某一个时刻，无意间一转身，就跌撞进一处令人着迷的桃花源。那里长河落日圆，那里草长莺飞。

我始终相信，人与自然之间存在某种默契，这种默契就如一个人对另一个人的触电感一样——有些人见到荒芜大漠会激动不已，有些人见到喷薄日出会呆滞入神。对于当事人而言，那一刻的感觉就如无意撞入乌托邦，时光会在刹那间停滞。

每个人心中都有一个乌托邦，无论它是真实存在抑或只是一种心灵的景象。

那一年，我的朋友J带我去金马仑高原——位于吉隆坡北部彭亨州的一处高原，那里是全马有名的种茶胜地，气候宜人。

J任教于国立马来亚大学——马来西亚的最高学府。他除了在大学教授心理学外，还兼任心理咨询公司顾问、公益机构义务职员、雪兰莪州流浪狗救助协会主任、马华联合会宣传干事等——我不清楚一个人的日子可以复杂到什么程度，我只是好奇他如何消解这种日积月累的心灵压力。一个追求完美，并且努力用不同身份证明自己价值的人，必定承受着常人难以想象的压力。

他是一名虔诚的基督教徒。我是在吉隆坡近郊一个叫绿野仙踪的小镇上的基督教活动中认识他的。当时，J坐在我的旁边，注视人的眼神柔软而善良。那是我第一次见到一个男人的眼神这般柔软，我想上帝必定在他的心中。

在我看来，他是一个奇怪的人：他不买房——因为他从没打算用房子拴住自己流浪的心；他不结婚——因为他是一个终身不婚主义者。在传统的人生观中，J不是我们能理解的任何一种类型的人，他特立独行，生活在自己构想的乌托邦之中。

那天晚上，我们从吉隆坡出发，沿联邦大道向西北方向而去，两个小时左右即抵达金马仑高原——但山路多弯且崎岖，晚上九点多，天空完全漆黑才到达高原中心。J停下车后，拉着我登上另一辆等候已久的小型农用车。

农用车在黑暗逼仄的山道上开始飞奔，路两旁的树枝刮打得车辆哐哐直响——在漆黑一片的高原森林中，这辆农用车好像是穿行在一条时光隧道之中。半个小时以后，车在一棵参天大树前停下，上面挂着一块牌——×× 树屋欢迎你。

我从未见过这么奇怪的宾馆——只有十间房：每一间房都是用粗糙的木块钉合而成并且安在参天高树中间，且相距甚远。没有电：每个人领取一支强光手电，自己在黑暗中寻找自己树高林密的房间。没有厨师：每一餐都必须到公用大厅中，自己烹饪，而且只有素食，没有肉类出现。房间没有厕所：解手必须下树，在黑暗小径中找到树林中的厕所。

晚上，远处的深林时时传来各种奇怪的声响，猛烈的山风刮过树林，哗啦啦的声音就如海浪澎湃而来，树屋不断或轻或重地摇曳，并发出好似崩裂的声响，让人感觉自己好像睡在一叶汪洋大海中的扁舟中，随时有可能被黑暗的波浪所吞没。半夜我爬下树屋去厕所解手，一开门一只硕大的蜘蛛就趴在马桶上，我当时的惊叫声响彻方圆一公里，并且湿了脚跑回树屋——那一个晚上，我都是在数着绵羊并暗骂着 J 中度过的。

第二天一早，带着一夜的惊魂，我上山去 J 的房间找他。

J 坐在房间对出的走廊地上，一本书摊开在膝上，他眯着眼，懒洋洋地睡着了。阳光打在他的脸上，温暖着一个暖洋洋的梦，凛冽的山风此刻变得温柔，蹑手蹑脚地从树屋底下刮过，仿佛不好意思惊醒一个沉浸在甜蜜梦境中的人——此刻 J 在梦中，必定徜徉在令自己陶醉的乌托邦中，那里明月松间照，清泉石上流。

我完全无法接受这个与世隔绝的地方，但对 J 来说这里却是一处美妙的桃花源：他每年都会固定来这山高林密之处住上一段时间，有时一周，有时两周。许多时候，整个树屋村就他一个人居住。他伐木、割菜、烹饪，他静坐、书写、冥想。别人视为畏途之地，对 J 而言却是美好的乌托邦，一处足以让时光停滞的地方。

当生活的重压日复一日，当无可排解的忧伤令人无处可逃时，

我只是相信，每个人内心深处都有一处专属的乌托邦，隐秘而美好，安详而幽静。时光会在那里停滞，神会把刹那放进永恒。

或许每个人都需要有一片属于自己的乌托邦：或许是为了静思，或许是为了逃避，或许是为了怀念。

在温哥华开往美国阿拉斯加的远航游轮上，我认识了Lisa——一个来自美国加州的75岁老太太，一头卷发，温文尔雅，眼神蔚蓝而深邃。

这是寒冬来临之前最后一班从温哥华港开往阿拉斯加的游轮——在那片严寒之地，夏天与秋天的短暂存在仿佛只是为了印证冬天是多么漫长。有些事物存在的意义就是让别的存在更显意义。

站在船上举目眺望，海水由蓝变得深蓝，继而变成奇怪的乳白蓝——冰川正在加速集结，像迫不及待的骑兵一样厉兵秣马，等待一场战争的到来。那些断开的小块浮冰有如离队的逃兵，惊慌失措，四散飘零——我第一次见到Lisa时，她正在轻声细语地向另一名乘客介绍阿拉斯加及冰川，看得出她对此航线及沿途地貌熟稔于心。

此前我不知沿太平洋西线一路向北会穿越不同时区：时间一会变长，一会变短，在茫茫海面上，除了落日与日出，时间的概念是多余的。

船到达阿拉斯加地区第一个停靠站——曼岛时，洋面变得狭窄起来，遥看两岸的山脉，那笔直的杉树一棵一棵像是牙签似的插在坚硬的高山上，一如这片深寒的土地，千百万年来在寒流与冰雪的拷打下，已经硬朗似铁。

游轮的第十层是一个视野极好的图书馆兼酒吧，每天Lisa都是颤悠悠地拄着拐杖来，点上一杯鸡尾酒之类，然后一言不发，静坐冥思。对船外一切的景色，她几乎都熟视无睹。

船上几乎所有的工作人员都认识Lisa，每个人见到她都像老朋友一样向她打招呼，语气恭敬且热情。

每天晚上，位于游轮第三层的歌剧院都会有百老汇表演。主持人在每次表演开始前，总是大声问一句：Lisa 来了吗？

这让我很纳闷，一个普通的美国老太太为何有如此魅力？

每天来收拾房间的服务生小哥告诉我，Lisa 是常年住在船上的客人，而且她从不下船：几年前丈夫意外去世，留下她一个人以及大笔的财富。她曾去过各地居住，但最终选择定居游轮——几十年前，结婚时丈夫带她第一次坐上了这条航线。或许是厌倦了世事纷争，或许是出于对丈夫深深的怀念，她从此成为美荷航运的长期客人。她一程一程地把票续下去，跟随游轮在海上漂，前往世界各地——虽然她从不上岸。

对于其他客人来说，乘坐游轮只是人生的一段体验。而对于 Lisa 来说，这艘船却成了她生命最后旅程的乌托邦——永不停息，永远向前，一如多年前，丈夫第一次带她坐游轮时许下的永恒承诺。

她的故事让人着迷而且好奇。我非常惊叹 Lisa 的故事，但无法理解她内心的想法，无法理解终年漂泊海上，以游轮为家的生活——虽然上面有 24 小时服务，并且生活奢华。一如我很难理解 J 为什么喜欢独自一人去那山高林密的树屋冥思发呆一样。一个人的人生要被另一个人所理解是很困难的，也是很没必要的。

我只是相信，每个人内心深处都有一处专属的乌托邦，隐秘而美好，安详而幽静。时光会在那里停滞，神会把刹那放进永恒。

Keep going.

在无聊中宽恕

有时，生活就像坐游轮，出于化解无聊的目的你去观看一场电影、试着去认识一个人或参加了一个大 Party，但很快发现过程充满空洞的无聊。你用了一个过程的无聊去追求一个结果的无聊，简直无聊得地老天荒。

生活中，我常常被朋友们认为是一个无聊的人。因为他们喜欢的东西，许多我都不喜欢，而我喜欢的无聊发呆，许多人又不喜欢。许多人害怕无聊，但我不。

对于无聊，我毫无惧意，这么多年来我生活的主题就是与无聊做顽强搏斗。我的童年在南方一个乏善可陈的小城度过，那里的日子无聊到让人觉得生活唯一的意义就是生下来、活下去，除此之外别无他意。

每天，当重型机床的机器轰鸣声响起时，我就知道无聊的一天开始了。在我父亲工作的流沙重型机械厂，我是住在工人宿舍的唯一小孩，你可以想象那种生活有多无聊：白天，你独自一人被锁在屋里，等待无聊夜晚的到来。晚上，你被一群精力过剩的无聊男人拉去给他们轮流捏脚或捶背，一次五分钱的代价就可以让你的夜晚被无聊团团包围。在无聊的岁月，你既被无聊所俘虏，也被无聊所消遣。

这样日复一日，年复一年直至上学。但我从来不难过，因为我发现在无聊中发呆是一种无尽的快乐——2014 年 9 月，我坐在温哥华开往阿拉斯加的游轮上发呆，虽然眼前的海，48 小时过去了仍然

如果一个人年轻时就能优雅地对待无聊，能很从容自信地对话无聊，在自我的内心里安静地对弈无聊，那么你对日后老去简直已无所畏惧了。

一模一样，海的那边仍是海，蔚蓝的过后仍是蔚蓝。我紧紧盯着海，努力在任何一个涟漪的悸动中发现别样的惊喜，但徒劳无功：海也许与我一样无聊，它在发呆、发呆再发呆。

有时，生活就像坐游轮，出于化解无聊的目的你去观看一场电影、试着去认识一个人或参加了一个大 Party，但很快发现过程充满空洞的无聊。你用了一个过程的无聊去追求一个结果的无聊，简直无聊得地老天荒。

作为无聊的人，在生活中我常常不自觉会去留意与我一样无聊的人，那种感觉就如一块磁铁会对另一块磁铁特别有好感一样。

2013 年，在文莱首都斯里巴加湾的海边，我留意到了一个钓鱼的印度老人。每天他会在固定时间来，在固定地点钓，甚至连表情都是固定的——我意识到这一定是一个跟我一样经常被无聊袭击的人。每次他都能钓到鱼，但离开时他却把鱼全部倒回海里，这真是太无聊了。

我实在忍不住问他为何钓而复放，他望了我一眼，脸上浮现出诡异的笑容。

他说：我来钓鱼只是因为无聊，我并不需要鱼。我天天来，天天有收获，但又天天空手而归。那些被宽恕的鱼，我相信那一天会觉得特别幸福……生命失而复得。我也因此特别快乐，宽恕他人也是宽恕自我。

我不认可他的理念，但我佩服他无聊出如此形而上的境界：有所为，但不为；用表面的自我来释放内心的宽恕——而许多人恰恰相反。如果无聊也分境界，此公实乃到了至高的程度。

一个人如何对付无聊，是一个人人生观的直观呈现。再匆忙的人，再充实的人，再快乐的人都会有无聊的时刻——但恰恰最无聊的时刻往往是思维火花最闪亮的一刻：牛顿在苹果树下日日呆坐打发无聊，最终呆出改变世界的牛顿定律；爱因斯坦在普林斯顿大学任教时，每天在草地上呆坐一两个小时，别人问话也不回答，他呆呆的眼光让路人都不忍卒看，但那一刻正是他成为自己的最美时光。

如果一个人年轻时就能优雅地对待无聊，能很从容自信地对话无聊，在自我的内心里安静地对弈无聊，那么你对日后老去简直已无所畏惧了——无论富甲一方的巨贾高官还是引车卖浆的升斗小民，每个人都会面临老而无聊的困境。他们今天所做的努力无非是想减低老而无聊的程度，而你只用片刻优雅的发呆就超越了他们一生追求的目标。

在漫长的发呆时间中，你艰难地直面内心，直视过往，终于宽恕了那无聊岁月曾经带来的伤害，因为在那伤害中你认识到记忆虽然很美好，但选择性遗忘会令生活更美好。

不经历深彻入骨无聊的人，无法体验人生无聊之外安静的美好——一如没在深夜的街头独自失声痛哭过的人，没有资格诉说人生的寂寞。哲学的两元悖反蕴藏着简单而又深刻的道理。

在那些漫长的无聊时刻，我掖紧心事、静默不语，仿佛一开口就会给更多的无聊所发现。过去的岁月在无聊与有聊的交替中已零落成泥碾作尘，这种失落感有时令人痛彻心扉——无论你如何珍惜，无论你如何躲藏，无论你的生活是有聊还是无聊，通通都会被一把叫岁月的大火付之一炬，灰烬尽无。

当一个人习惯在无聊中浮沉时，无聊已不是一段时光的无所事事，而是一种无法自拔的上瘾——外部的世界越来越繁华，你的世界却越来越简陋：别人用成功证明更多的成功，你却用呆呆的发呆证明你的无聊是多么深刻；别人用金钱臣服世界，你只会用无聊宽恕自我。

当游轮进入高纬度海域时，远远的雪山遥遥可见。在过去这亿万年静默的岁月里，雪山会感到无聊吗？他们是用发呆来证明无聊的可贵吗？他们会在无聊中，宽恕这个不断对他们咄咄逼人的世界与人类么？

“一个人对于自身的存在，何者是有意义的，他并不知道。一条鱼能对其畅游其中的水知道些什么？甜蜜与苦难都来自外界，而坚毅则来自内心，来自一个人多年不屈不挠的努力。无聊与痛苦都是人生的财富。年轻时我痛苦万分，年老之时却甘之若饴。宽恕改变了一切。”爱因斯坦文集中的这段话振聋发聩。

在无聊的世界里，不会无聊的人或许是真正孤独的。用发呆润滑无聊，用无聊宽恕自我，我们的人生或将不同。

远方有多远

你完全无法形容成千上万只萤火虫在至深的黑暗中向你飞舞而来的感觉——虽然那一刻你正被恐怖所包围，但闪闪的光让你觉得自己灵魂已被救赎。如果世界有神的存在，那就是在这一刻显灵。

我从小就对远方好奇：远方除了远，还有什么？

在我童年生活的那个潮汕小镇，如果用脚来走路不用一个小时就可以走完，并且来回。作为一个守旧家庭成长的孩子，我固执地认为所谓的远方就是家到学校的距离，然后再远一点。

在一个孩子的世界观中，世界的大小就是童话书里内容的厚薄，而童话书的内容在被口述中往往都糅加了许多父母即兴改编的愚孩需要。

比如，我的父亲常给我讲一个老掉牙的故事：从前，山上有座庙，庙里有个老和尚，他的日子过得平静而快乐。后来，他执意要下山去了解世界。后来，他就没有后来了……死了。

跟许多粗鲁自信的父亲一样，我的父亲在愚孩手段上简陋单一：他以为把一个包含着简单世界观的故事讲到陈旧如黄花，孩子的世界观就会按他的意愿被定型。

当然，父亲的话还是让我在很长一段时间内相信：远方除了远，一无所有。

念大学之前，我从未走出比小镇更远的地方，也从未见过比公共汽车四条腿还多腿、比它还大个的任何交通工具。父亲那个简单粗暴的故事在某种程度上抑制了一个孩子远行流浪的冲动。

大学毕业那年，我在一个无聊的国有单位上班，每天除了傻坐、傻想就是傻笑，工作很轻松但无聊透顶——好在单位发的钱很多。这也是典型的中国特色，越无聊的单位越有钱。

那些日子，白天我骑着单车茫然穿过人群与街道，人生的失落感在背后紧追不舍。夜晚心有不甘的忧伤让我彻夜难眠。一种远行的冲动让远方的定义在我的世界观中从此改变。

改变自我的世界，首先从改变自我世界观开始。

那一年，我来到了马来西亚北部霹雳州北海市的一个小村庄——瓜拉古劳生活。瓜拉古劳是一座僻远的古朴海边小村，外人罕至，从这再向北 200 公里可以抵达泰国边境。当年南洋战争，整个村庄曾被日军占领并作据点。

我刚抵达那几天，村里的公鸡几乎都常常报错时间——一个陌生外人的到来惊扰了它们正常的生理周期。而我最大的本事就是，每到一个新地方会拿上一根木棍，把周围的猫、狗、鸡、鸭和牛轮个恐吓或骚扰一遍，让它们知道新的帮主来了。

相隔海面，与瓜拉古劳遥相对岸就是北马最发达的城市槟城。锡克族少年 Mike 经常带我出近海捕鱼。

Mike 小学才毕业就出来跟随父亲捕鱼，他的皮肤因为日晒而变得黝黑发亮。尽管与大都市只有一海可见的距离，但他 18 岁了却从未去过槟城，更别说去霹雳州以外的任何地方。

“我父亲说大城市不安全，人们也活得不快乐。他让我本分地跟他捕鱼。”Mike 说。

在愚孩手段上，天下父母一样啊。

从瓜拉古劳驾船要穿过一条十多公里的宽阔内河湾道才能抵达

茫茫大海。湾道两边是茂密的原始森林，林木繁盛。我不知那繁盛的背后隐藏着什么样的未知。

那个夜晚，天特别黑，仿似月亮也被漆黑所吞没。Mike 却很兴奋，执意要驾船带我去见识从未见过的东西。

在漆黑不见五指的海面上，除了引擎的突突声与海浪声外，什么也见不到。驾船一小时，到了湾道最窄之处，面前的原始森林就在伸手可及之处。我紧紧盯住那茂密的灌木丛，生怕一双闪亮的眼睛忽然在黑暗中放出光束。我从未见过这样的黑夜，黑得那么恐怖，黑得令人窒息。

Mike 关掉引擎，让船慢慢泊近丛林边。他忽然站了起来，像狒狒一样，仰天长啸，那啸声尖锐而高亢，我吓得跌坐在船舷上，差点落入海中。**这时，灌木丛忽然一点点亮起来，像是有人打开了圣诞树的灯火开关，一闪又一闪，一盏又一盏，这些灯越来越多，越来越亮，它们时而聚合时而散开，像一个梦，像一个神话。**

你完全无法形容成千上万只萤火虫在至深的黑暗中向你飞舞而来的感觉——虽然那一刻你正被恐怖所包围，但闪闪的光让你觉得自己灵魂已被救赎。如果世界有神的存在，那就是在这一刻显灵。

那个夜晚，我跟 Mike 驾船回到村庄。我们没有立即上岸，而是坐在海边发呆。他跟我一样，认为发呆是人生一种最佳消遣。

夜色很浓郁了，村里一片漆黑，野猫的叫声此起彼伏，那诡异的叫声显得村里的夜更黑，**黑漆漆的夜空里漂浮着各种奇怪的梦呓。它们像一个个的透明气泡，包裹着人们的莫名心事在空气中浮浮沉沉。黑暗中，我们一言不发，缄默发呆，仿佛一开口就会点燃那些漂浮在空中的梦，它们会像鞭炮一样炸开，噼里啪啦，隐私遍地，随风飘扬，人们从此无颜相对。**

对岸高楼的灯火在海浪声拍打中显得如此梦幻。Mike 眼睛盯视

当城市的天空总是被灰霾所遮蔽时，旷野的灿烂星空就是对远行者最好的馈赠。

对岸，眼里流露出对大世界的向往——那一刻，我相信终有一天他会走出他父亲世界观的束缚，虽然他也不知道远方有多远，但他总会勇敢泅渡前往他梦中的对岸。不论那对岸是凄风苦雨，还是烈日高照。

每个少年都会长大，每个少年都会去远方，他们都会走出自己的世界观。

借一句时髦的话来描述：如果世界都没观过，我们何来的世界观？

一路向前，把犹豫和束缚解开，世界在我们眼前一路扩大，世界观有时却不断变小：未走出世界时，我们竭力想要向世界、向众人证明些什么；**走过许多世界，见识过各种各样的世界观以后，我们或许什么都不想去证明，因为行走本身就是最硬朗的证明。**

不知远方有多远，但仍然义无反顾向远方世界走去，这本身就是一种独特世界观：不历未知之境，何能体会人生之妙？2013 年夏天在西藏日喀则我坐上了前往珠峰大本营的破旧吉普。

那几百公里的山路是我见过的最可怕的道路：不仅一路悬崖峭壁，而且路上的石头硕大如斗，车不是开过去的，而是一路跳过去的。缺氧、紧张、奇寒彻骨、筋疲力尽……当车辆终于到达珠峰脚下时，我祈求神的宽恕，那可怕的头痛欲裂让我担心自己熬不过这可怕的一夜了。

那一刻，为这往珠峰的一时之勇，我心生后悔了。但是你回不去了，这里方圆数百公里，除了雪山还是雪山，荒无人烟。除了向前，别无退路。

落日余晖映照在珠穆朗玛峰，呈现出耀世金光，皑皑白雪如此纯洁，这是此生难见之震撼奇观，这是神的恩泽。

太阳已经徐徐落下，往大本营的最后一辆车都到站了。这时，那条尘土飞扬的路上，有一个人背着行囊，步履沉重地走来，走来，

走来。我睁大眼，他是一个人，真的一个人一路走过来的。

他从成都出发，一路走至拉萨，一路走至日喀则，再一路向着珠峰而来。他走了多久？为何这么自虐般一路向远方？看到他望着圣山的眼神如此虔诚，我没有问出口。

有些人的世界在我们的世界观之外。用我们的世界观来框设他人的世界观，是多么荒谬。他们或许不知远方有多远，但向前行走一步，就是证明远方又近了一步。

或许受到独行侠的远行精神鼓舞，睡至半夜我的激烈头疼突然消失了。我走出帐篷，一抬头那满天的星星就在头上！那么多，那么亮，那么耀眼，它们是灯，为远行者照亮继续前行的漫漫道路；它们是火，为动摇者点燃继续坚持的信心。

当城市的天空总是被灰霾所遮蔽时，旷野的灿烂星空就是对远行者最好的馈赠。

夜再长，黎明总会到来。远方再远，终有抵达的一天。对于这些远行者而言，行走过程中积攒的毅力、勇气以及奇妙的见闻，或者就是远行的回报——尽管他们为此筋疲力尽，失去工作，付出代价。

过去这十年，我走过中国每一个省份。相比于大自然的旖旎大世界，我更感兴趣的是不同地方的人独特的生活小世界，以及他们独特的世界观。

我时常蹲在路边与一个修鞋匠交谈，或者坐在公园里与一个陌生老人闲侃。每个人的世界观背后就是一个独特的世界———在他们絮絮叨叨向你讲述的过程中，他们所经历的平淡或奇妙的经历就会成为你人生体验的一部分。

在那些月照无眠的夜晚，当我意识清醒地闭上眼，那些走过的奇妙旅程、那些旅途上认识的奇妙面孔、那些听过的奇妙世界观，会像黑白电影一样，徐徐在脑海里播放。

生命的长度上，每个人只有一辈子。但对于行走者而言，行走的体验可以赋予人生另外一辈子。

远方有多远？当迈开步伐时，你就会相信，路总会有尽头，再远的远方总会被抵达。

远方除了远，还有奇妙的体验等着你。

道路将人骗向远方

现实与远方有如河的两岸，从此岸向彼岸眺望，彼岸总是烟雾氤氲，似乎潜藏着无限风光，而现实的生活又是如此沉闷与乏味，正是在这一刻的回眸中，一种远行的欲望从心底浮现。

“道路将人骗向远方”，有些人就这样一次次心甘情愿地受骗，一次次义无反顾地上路。

“为什么要去旅行？”坐在华盛顿州立大学门口一间灯光摇曳的小咖啡馆中，我小心翼翼问她。

这个问题问得很愚蠢，我知道。我见过无数狂热的旅行者，但我从不这样问他们。从他们喋喋不休的兴奋讲述中可以看得出，旅行是一种放松，是一种消遣，是一种逃避，或者是一种炫耀。而对她来说，这些似乎都不是。

那是为什么？

一次次千里迢迢孤身上路，一次次风尘仆仆历尽辛苦奔赴陌生的远方，为的是什么？我问她。

她沉默了半刻，说：“人生有许多种活法，而在路上也是其中一种。”她是个历史学家，属于典型实证派的现实主义者，她的回答向来也是用最简洁、有根有据的逻辑用语，符合历史学的原则。

如果生活本身就是一次冒险的历程，那么有些人天生就是喜欢比别人多一些尝试与体验，让生命之旅更不平凡，他们用自己的行动诠释一个我们习焉不察的简单道理：生命不会只有一种活法，而是有无穷的未知等我们去体验探究。

她并不年轻，但年龄并不是衡量一个人年轻与否的唯一标志。当她讲到在巴黎旅行时如何给五位法国人讲解巴黎历史，当她讲到独自一人在湘西的荒山野林中迷了路然后如何幸运走出时的惊险，

正是在这一刻的回眸中，一种远行的欲望从心底浮现。“道路将人骗向远方”，有些人就这样一次次心甘情愿地受骗，一次次义无反顾地上路。

眼神中跳跃着的青春光彩真让人妒忌。只有年轻才勇于如此尝试，只有年轻才从不忌惮恐惧。

当旅行成为一种习惯以后，似乎很难再长期去面对同样的景观和一成不变的生活步调。现实与远方有如河的两岸，从此岸向彼岸眺望，彼岸总是烟雾氤氲，似乎潜藏着无限风光，而现实的生活又是如此沉闷与乏味，**正是在这一刻的回眸中，一种远行的欲望从心底浮现。“道路将人骗向远方”，有些人就这样一次次心甘情愿地受骗，一次次义无反顾地上路。**

她年近六十，依然独身一人，传统的家庭观念似乎囿制不了她，她照样生活得自由潇洒。当年从香港大学来到美国之后，在大学教授东方历史学，每学期的教学为假期到来的出游赚取必要的开支，而旅行中的所见所闻又成了她下学期上课的素材。书籍是案头上的山水，而山水是大地上的书籍。这两句话，我想她最心有体会。

我也自诩是个旅行者，东南西北去过好多地方。所以每有客人来访，我会有意无意地指着挂在家里墙上的某张放大了的照片，暗示我曾经到过某地一游，引来一阵或真或假的赞叹声。这种虚无的满足感，从某种程度上成为促使我不断出行的原因之一。对于旅行意义的浅层次认识使包括我在内的许多人向来习惯以最庸俗的方式出游——一伙人舟车劳顿到了某个旅游点，吵吵闹闹吃根热狗，在旅游点门口照个相，撒泡尿，趁没人注意时在树上刻上“××到此一游”，然后打道回府。对许多旅游者来说，旅游似乎只是为了填补相簿中炫耀的资本而不是增添生命记忆中的色彩。

在交流中，我问她：“您去过某某地方吗？”她哈哈大笑，说：“你不应该问我去过某某地方没有，你应该问我某某地方是否还没去过。世界几大洲没有几个地方我没去过的。”那种豪气干云的神色似乎不像一个女性应有的气质。

她是学历史学出身，在旅行时自然有种特殊的优势。在去某个地方之前，沿路上所有风景名镇，目的地的历史背景，包括人文风俗、地理概貌，她已经了解得一清二楚，旅行对她来说，已不是猎奇，而是印证，出行只是为了印证那些早已了然于心的感觉。

她喜欢拍照，每次回来都带回一大堆照片，接下来整个学期便是整理。将所有的照片分类，写上标签，在每张照片旁注上详细的说明。厚厚一本相册翻看起来，与一本某地的县志或名山志无异了。无论时间隔了多久远，指着某一张照片，她都能随口说出与照片相关的一切背景资料，照片上的寺庙属于哪个朝代，那个朝代当地出了什么人物，当地有多少值得一去的名胜，甚至她会告诉你，到当地旅行时可以坐哪一路公共汽车去到某处观光，哪家旅馆性价比高，哪个月份去当地天气如何。

既然是实证式的旅行，她当然最看不起那种到此一游式的纯粹感官刺激的观光。在她看来，满足于拍两张照片回来就到处吹嘘的家伙最肤浅不过。她讲此话时，我赶紧低下头，以免被她看到我满脸的羞愧。

生活很美好。当我坐着隆隆作响的汽车经过科罗拉多大峡谷，看着远处的太阳浮浮沉沉照耀着这片万古沉睡的大地时，我有这种感觉；当我在寂静的午后，坐在阿拉斯加空无一人的雪山上，俯看着脚下冰川海水百折不挠地东去时，我有这种感觉。彼时彼刻，生活中曾经历的所有不如意和忧伤都远远遁去，心只沉醉于眼前这美好景象之中。大美无言，在此静坐片刻便是至上享受。

人在旅途，我们远离了城市喧嚣，远离了终日钩心斗角的小群体，我们发现了生活中充满阳光的另一面。当我告诉她我的感受，她笑了：“你讲得对，生活是很美好，而终日蛰居一隅的人是无法体会这种感觉的，所以我们选择了旅行。”

她曾四进西藏，两次到过撒哈拉沙漠。她说她坐在那片一望无际的大沙漠面前时，忽然有种落泪的冲动。以前多少旅途的艰辛，多少次有惊无险的经历她都视若等闲，但这一次她彻底被大自然的浩大所折服。“旅行就像吸鸦片，一上瘾就难以戒掉。”她笑着说。

“一个人要转身多少次，才能将往事忘却？一个男人要走过多少路才能真正被称为男人？炮弹要飞过多少路程才能永沉不起？白鸽要飞过多少片沙滩才迎来和平和欢笑……”鲍勃·迪伦在风中低吟浅唱，无论是一个人、一颗炮弹还是一只白鸽，都必须经历过路途的磨砺才能真正脱胎换骨。

为什么要去旅行？

因为，心在路上。

第五章

你在场时，一切皆美

你在场时，一切皆美

人，一生历经喜怒哀乐诉尽爱恨别离。树，一生目睹世间沧桑敛藏春夏秋冬。

2013年，我和三个朋友一块去西藏。从拉萨到纳木错、日喀则，再到珠峰大本营，一路的风景美得令人窒息。作为从未踏足雪域高原的我们，对所看到的一切都兴奋不已，除了A君。雪峰、星空、蓝天、朝圣，面对每一处令我们陶醉的美景，A君却毫无反应，一路昏昏欲睡。“这不过是自然界正常的景色啊，你们为何那么大的反应？”A对美的冷漠，几乎激起公愤。

从西藏回程，我们坐上火车，沿着青藏铁路一路向北，进入陇海铁路后再向东，最后抵达西安。在西安，我们游逛了热闹的回民街——一条街都是令人眼花缭乱的民族小吃，每家店门口都有夸张吆喝的店小二和并不高明的伪艺术表演，我们几个都觉得这条街俗不可耐，除了A。从踏入这条街开始，A就兴奋不已，不断喃喃：“这条街古色古香，充满民族特色！太美了！真是太美了！”而我们三个人对“美”的冷漠，几乎激怒了A君。

美具有普适性还是特殊性？我无法轻易回答这个问题。但我隐约感觉，我们仨责怪A不懂美，跟A责怪我们仨不懂美，其实都是陷入自我认识价值观的误区——美或许有普适性，但一个人的审美

你在场时，一切皆美。你不在场时，一切美皆是你。

却通常是有着特殊性的。

什么是美？同走一条路，为何有的人举头所望皆是美，有的人却一无所见？同样面对一个人，为何有的人看到美，有的人却并不觉得？

美是什么东西？美是客观存在的事物，还是一种价值判断形成的观念？

柏拉图认为，美是一种理念，是一种形而上的东西。

托尔斯泰认为，美是生活，它是具象的东西。

庄子认为，美是存在于天地的万物，既可形而下也可形而上。

综合各家所见，我们可以下这样的结论：美是一种召唤。这种召唤就是审美者与被审美的事物间形成共鸣，而这种共鸣会在我们的心中形成有如琴瑟合奏般的回响。共鸣与回响的强烈程度最后衍生出我们对一个事物“美与否”的判断。

一朵花及一个人美不美，不是事物本身决定美的程度，而是看待的方式决定了事物本体在我们内心激起的回响程度，这种回响度最后决定其在我们内心形成美的认识度。

明代哲学家王阳明提倡一种审美的观点——以物看物。你看一朵花，希望看出它独特的美与激发内心的感动，你要化身成另外一朵花，以花的角度看花，而不是以人的角度看花。

你看一只鸟，希望看出鸟飞翔时的那种气势与独特的美，你就要化身为另外一只鸟，而不是以一个人去看待一只鸟。这种思考的模式就是召唤，以物观物，以人观人。

佛家讲究的禅定与王阳明提倡的审美方式有相似之处。

当一个人盘起腿、闭上眼，入静观心的时候，他已经开始进入另外一种空间，这种空间或许就是王阳明所讲的以物观物、以心观心所衍生出来的第六感。

当一个人时常能达到佛家所说的入静入定境界时，他举目所触之物皆有特别的美。

每天从家里到任教的大学，我会走过一条很长的林荫大道。好多年来，我每天匆匆往来，对两旁的树漠不关心，毫无意识这些树美还是不美。

后来有一次，我在一棵树下安静地坐下，仰头望着这一棵树以及这一棵树后面的长长一列的树，冥想自己是这些树中的某一棵。微风吹过，阳光透过空隙洒在身上，刹那间我感觉自己就是一棵树，一半在土中，一半在风中，枝繁叶茂地努力向上伸展。

那一刻，我再举头望一眼这些我忽略了许多年的树，顿时觉得他们好美，觉得他们好亲切。

美，就是一种亲切。

这些树每天目送我出门，目接我回家，比任何亲近的朋友更像朋友。在这个生机勃勃的世界上，每一种生物都在以自己的方式生成智慧，人与树都一样。

人，一生历经喜怒哀乐诉尽爱恨别离。树，一生目睹世间沧桑敛藏春夏秋冬。走在任何一条路上，这条路再寂寥景色再漫长，只要有树在，你就不会孤单——你抬一抬头，微笑看看树，你会发现树也正在微笑地看你，温暖地迎接你走来，温馨地目送你远去。那一刻，一个再没有朋友的人也不会孤单了，因为那一排排的树、那满山注视你的树都是你的朋友。

美，就是一种温暖。

没有比树更美的植物，没有比人更能发现事物之美、更智慧的生物。

树与人，都是大地美的结晶。

禅宗认为人生有三个境界：第一个境界，看山是山看水是水，这是最普通人的角度；当你修炼到一定程度之后，看山不是山看水不是水；当你修到最高层次的时候，一切又是山一切又是水。

这三个境界，也是我们从美学的角度去看待美的三重境界。

生活每天波澜不惊，但是我们带着一种召唤审美的心与眼光去看待它，会发现生活中处处皆美不胜收。

美是风，美是雨，美是云，美是人。

你在场时，一切皆美。你不在场时，一切美皆是你。

思想如火把，人生而有知

佛家有个说法叫“静生慧”，当你足够安静的时候就能够产生智慧。在安静中唤醒自身潜藏的知识，让自己的思维能够从琐碎中发现价值，从无意义中发现意义，这就是一种知识形成的良好习惯。

一个人的知识从哪来？

曾经，我以为一个人的知识从学习中来。后来发现，我错了。在高校里我认识一些知识分子，他们饱读诗书，但无论在表述观点还是思考问题上，其知识量并不体现出与其阅读量相对应的平衡。

后来，我以为一个人的知识从岁月中来。后来发现，我又错了。一些活到很大年纪的人，他们见过许多人与事，但有时你发现他们跟许多年轻人相比，并不显得知识出众。

再后来，我以为一个人的知识从阅历中来。后来发现，我还是错了。一些人年轻时就走过东西南北，见过许多场面，但是当你与之交流时，其乏善可陈的观点会令你哈欠连连。

那么，一个人的知识究竟从哪来？

乡村诗人余秀华，她身体残疾，几乎没有离开过她居住的村子，所以她只写自己那个小村庄和土地的故事，但是写得非常好，非常有思想的深度。

阅读余秀华著作《穿过大半个中国去睡你》，会让人有一种相当惊讶的感觉。这些文字仿佛是从地里长出来的，而不是遣词造句出

来的。就像一个人若干年前在土地里种下了语言的种子，若干年后在天地的滋润下，这些种子长成了丰硕的成果。

一个没读多少书，几十年面朝黄土背朝天，几乎谈不上有阅历的农妇，竟然可以把一个村庄、一片黄土地，写得思想飞扬，写得入木三分。

她的知识从哪里来？

一个人的知识，跟其年纪大小好像没有关系，与其学历高低或阅历多寡好像也没有必然关系。

苏格拉底曾经和他的朋友美诺有一番对话，讨论一个人的知识从哪里来。后来，他的学生将对话整理成一本著名的书，题目叫“美诺篇”。

在“人的知识从何而来”的对话中，苏格拉底认为人的知识是天生的。人生而有知，他认为一个人来到这个世上，他来的时候不是一无所知的，而是带着父母的记忆与知识沉淀而来的，他的父母又是带着祖父祖母的沉淀而来的。所以他认为，**人生而有知，思想就像火把一样，薪火相传，永不熄灭。我们要做的不仅是学习，更重要的是要被唤醒。**

我曾经觉得苏格拉底的观点太过唯心主义。2013 年，我去了一趟西藏，目睹了一次转世灵童的寻找过程，内心受到了巨大的震撼。**佛家认为，每个人身上都存在着意识流，一种超越肉身控制的东西，比如一个躯体保留的记忆与思想，可以在这个躯体消失之后转到另一个躯体延续，就如一朵火点燃了另一朵火。**

从科学的角度，我们很难认同这样的观点。在佛学看来，这却是很自然的事：生命是圆圈，死是生的一部分，记忆是不断延续下去的意识流。“肉身的你”从没来过这个地方，但“意识的你”可能来过。这就是为什么生活中我们有时会遇到奇怪的感觉：你从未见过某个人，但第一眼见他时觉得好熟悉；你从没去过一个地方，但第一次去就大吃一惊，因为那一亭一阁如此眼熟——佛家认为保存在每个人头脑中的记忆并不纯粹属于个体，它可能是经历过多世、多人留存的结果，此刻肉体的你不过是这段记忆的载体而已。

每天，你睁开眼睛看着这个世界，就像千万双眼睛一样。你所看到的世界，会成为记忆与知识的一部分。你凝固下来的记忆与知识，又会成为这个世界的一部分，记忆承载生命，意识连接躯体。生生不息，永不停止。

从这个角度，或许我们可以理解苏格拉底所讲的“知识需要被唤醒”的含义。除了学习之外，我们累积知识的另一种重要方式就是需要在入静中去观心——让心入静，然后慢慢去回忆每天经历的事情、走过的路、见过的人。在入静之中，我们的知识一点点就会被唤醒起来。而这种唤醒，会帮助我们更深地去理解生活、理解人生、理解规律。

知识与年龄、阅历无必然关系，只与你的思考模式有关。

成长的过程就是一个不断擦去无知的过程。这种对无知的擦去，会让我们对事物的感知越来越深入。从知识积累的角度，擦掉无知越多，我们的思考就越有深度，我们的见解越体现知识的宽度。

佛家有个说法叫“静生慧”，当你足够安静的时候就能够产生智慧。在安静中唤醒自身潜藏的知识，让自己的思维能够从琐碎中发现价值，从无意义中发现意义，这就是一种知识形成的良好习惯。

人生而有知。每个人无论年纪有多大，无论做什么职业，无论曾经阅读过多少书，我们每天要做的一件事情，就是擦去心灵上的污渍——我们的心就像镜子一样，每擦拭一次，心就亮一次。

当我们不断唤醒自身时，心会越来越亮。当你的心越来越亮时，你的头脑也会越来越亮，你的眼光也会充满明亮的色彩，你看待事物会有不同的感觉。别人看到你眼神的时候，他也仿佛看到一个充满智慧、充满知识力量的人。

人生而有知。我们要学习，更要唤醒。

阅读不会让你变得快乐，但会让你变得澄真

一旦进入精神阅读的层面，你会发现空荡荡的宇宙中，每个人都相距遥远——宇宙中恒星与恒星相距有多遥远，一个人的精神层面与另一个人的精神层面相距就有多遥远。

一

在我主持的一次读书会上，有人问我："我刚失恋很难过，阅读能让我变得快乐吗？"

阅读能让人变得快乐吗？每当被问到这个问题时，我总想起托尔斯泰。

这位俄国大文豪，是一个拥有诸多土地和奴隶的土豪，曾过着锦衣玉食的生活。85 岁那年，一次长长的阅读与思考之后，他忽然厌倦了现时的制度与状态，宣布解散庄园并给予所有奴隶自由，独自拎包出走永遁世间——多年之后，这样决断转身的画面在中国烟波浩荡的西湖边上演。一个爱好阅读的中国知识青年在湖边告别妻子，毅然独自泛舟划向湖水深处，入世的青年李叔同变成了遁世的弘一法师。

我相信，**阅读跟一个人的入世、厌世或遁世没有必然关系。但阅读就像蚂蚁动土，乍看变化极微，终看全然不同。**阅读对我们而言，开始影响审美观，继而松动价值观，最终改变人生观——阅读与人

生的一切都有关联，但通常又不是直接的关联。比如阅读是否让我们更快乐，或者更不快乐？快乐让我们更有知，或许更困惑？许多关于阅读的肯定式论调通常都会陷入武断的窠臼。

毫无疑问，每一个期望从阅读中寻求快乐的人，通常会失望。因为在治疗内心的不快乐上，阅读一万本书的效果比不上找一个对象直接。更显而易见的是，相对于从不阅读的人，爱好阅读的人更容易感受到精神的孤独，因为一旦进入精神阅读的层面，你会发现空荡荡的宇宙中，每个人都相距遥远——宇宙中恒星与恒星相距有多遥远，一个人的精神层面与另一个人的精神层面相距就有多遥远。你们或许是夫妻，或许是父子，或许是母女，或许是兄弟姐妹，血缘层面上是无比亲近，但精神层面的小宇宙就如恒星般遥远，你们或许一辈子都无法读懂彼此。

正是这一刹那间的阅读感悟，会让人产生忧伤。但是我们要相信，阅读或许不直接带来快乐，但阅读一定能带来内心的安详。因为阅读让我们明白，人生而孤独，我们一生都摆脱不了孤独，**孤独的价值与群聚的价值一样，都是人生价值的一部分——出走一年后，在一个暴风雪夜晚，托尔斯泰这个大文豪倒毙在一个无人知晓的小小火车站，那姿态看起来好孤独，但人们却留意到他死时嘴边最后那一抹微笑，如此安详，如此安之若素。**

在托尔斯泰闭上双眼的最后一刻，我相信，留在他永恒记忆中的不会是那个让他失望的冰冷世界，而是一个春暖花开的桃花源——在看尽人间傲慢与偏见之后，他或不满世界退化成一个虚伪的名利场，站在熙攘人群中，百年孤独的感觉却始终挥之不去。但阅读会提供给他一个巨大的精神乌托邦，白天太阳会照在桑干河上。夜晚，廊桥遗梦让这里的黎明静悄悄。生命很短，阅读很长。

每个阅读的人都有一种超脱现实枷锁的想象与自我安慰能力，他们心中都有一个春暖花开的桃花源。它安静而美好，简约而文艺。任由自然狂风大作，这里永远温暖如春。

二

曾经有一个阶段，我充满焦虑。作为一名教师，在每日周而复始的讲台表述中，我越发觉得自己很无知。一个人越希望有知，越会对自己的无知感到焦虑。我进行大量的阅读，希望将焦虑燃烧殆尽，但焦虑感仍然与日俱增：一个人必须读多少书，读多久书，才能称之为有知？

后来我发现，一个人的无知与有知是相辅相成的，阅读越多困惑越多。爱因斯坦说过，一个人的知识面就像一个圆圈，求知范围越大，无知的半径越大。每一个觉得阅读可以解惑的人，最终或许都会陷入自我怀疑的泥潭——阅读越多，你会越神经质地质疑一切貌似合乎逻辑表达的事物。

在阅读过程中，每个人都会疑惑我们究竟获取了什么？因为有时，一整天的阅读令人感觉毫无所获。甚至一整月的阅读，仍然让人感觉毫无所知。这种阅读的疑问类似禅宗看待人生的三个阶段：初始，看山只是山，看水只是水。而后，看山不是山，看水不是水。最终，看山又是山，看水又是水。阅读的深度与一个人反省的深度构成了阅读的意义与收获。**刚开始阅读，开始什么都不来。读至中段，好像什么都没有。最后我们却发现，你曾经读过的一切都不会离开——我们所阅读的一切融入我们的身体、思想、灵魂、容貌甚至是性格，比如让一个人的性格变得更澄真。**

这种对形而上事物追问的思维体现一种人本质上的澄真。人，生而真，但成长过程中各种各样的尘埃让人慢慢失真，阅读让人重回澄真。阅读不一定让人变得更成功，但一定会让人变得更澄真——一种万物归真、一念慈悲的天真。因为懂得，所以慈悲。因为慈悲，所以澄真。因为澄真，所以快乐。

‖ 我怀疑一切，但我无法怀疑我的怀疑。

一个人经过不同程度的锻炼，就获得不同程度的修养、不同程度的效益。好比香料，捣得愈碎，磨得愈细，香得愈浓烈。我们曾如此渴望命运的波澜，到最后才发现：人生最曼妙的风景，竟是内心的淡定与从容……我们曾如此期盼外界的认可，到最后才知道：世界是自己的，与他人毫无关系。

——杨绛《走到人生边上》

我曾在一个基督教会听布道，牧师告诫众人：上帝创造了世界。跟许多人一样，我既不是无神论者，也不是虔诚的教徒，但那一刻我很想问牧师：上帝创造了世界，但谁创造了上帝——虽然我相信，上帝此刻正于苍穹之上俯视众生。

一个人阅读越多，往往会越倾向于去追寻一些形而上问题的答案。但与此同时，困惑就如阳光下的立竿，竿立影随，越思考越困惑，越阅读越存疑。

或许每一个阅读者都应该记得黑格尔所说：世界为一元，问题本身就是答案。当你不断质疑这个世界的逻辑时，答案其实就隐藏在质疑本身中。

“我怀疑一切，但我无法怀疑我的怀疑。”笛卡尔曾经这样写道。每一个阅读者在阅读过程中对于世界的存疑、对于存在的追问从来都是如影随形，永远不会停止也永远不会有答案。那些爱追问的人、爱探究的人，无论他们人生走到什么样的暮年，他们的精神世界永远都是朝气蓬勃。对万事万物保持好奇的新鲜感，这就是人之为人的生存意义，也是精神层面永葆年轻的一个源泉。

三

阅读《西方哲学史》，我惊奇地发现，许多思想深刻的大师们相貌曾经有过很大变化——他们中有些人年轻时还是好看的，但是成为大师之后就变得挺不好看了。

或许一个人的思想太过惊人光亮，就必须用惊人黯淡外貌来掩盖。阅读与思考好像会影响一个人的长相——思想就像刀，简单思考就容颜简单改变，深刻思考就容颜深刻改变。

当你看过罗素、海明威、康德等人的照片就会有深刻感觉：阅读不一定让你变得气质优雅，更不会让你变得容貌清秀，有时甚至恰恰相反。但这或许也是上天的苦心积虑，就如珍珠总被污泥所掩藏，钻石总被岩土所遮盖一样，惊人思想的天才须用平凡的相貌来藏匿。

生活中一些无关轻重的表象是上帝用来模糊世人的双眼，但阅读赋予我们一种穿透表面的理解与宽容，当我们阅读法国作家加缪的名著《局外人》时，这种感觉尤为明显。

“今天，妈妈死了。也许是昨天，我不知道。”加缪的名著《局外人》，开头就用惊世骇俗的方式引出主人公默尔索。

默尔索不仅对母亲的去世毫不关心、在葬礼上抽烟，而且第二天就去酒吧寻欢，并且毫无理由地枪杀了一个阿拉伯人。这个十足的混蛋在被押上刑场处决的那一刻，加缪写道：“夕阳很美，他看夕阳的眼神无比温柔且和善。”——阅读的意义就于我们会在阅读的基础上获得一种对人生新的理解，并在此理解的基础上形成特有的宽容：一个容貌如此不堪的人竟然隐藏着如此惊人的思想、一个现实中的混蛋原来也会有可爱的一面，一个一生都是坏人的人也有他温善的一刻。没有纯粹的恶，也没有纯粹的善，没有永远不变的好，也没有永远不变的坏。**阅读的最终我们会获得一种宽容式的平和——与己和、与彼和、与世间万物和，生命或最终得以升华。**

阅读，让生命有了一个转身看待其他生命的机会。

你要相信文字的力量

每一个愿意用文字把你记在岁月里的人，都是对你用情至深的人。曾经的你，以为那只是歪歪扭扭的文字，最后你发现每个力透纸背的文字后面，藏着的是真真切切的爱。

一

小时候，老周跟我爸同在普宁机械厂工作，他是厂里的锅炉工。

老周是一个粗人，初中都没有毕业，一辈子没写过几个字。但是自从他女儿出生以后，他找了一本破旧的本子，开始记录女儿的日常，每天记一篇，长则一两百字，短则一句话。那歪歪扭扭的字、皱皱巴巴的本子，活像小卖部里记的流水账。

在机械厂这种粗犷之地，老周的文绉绉引起全厂嘲笑——最主要的是，他的文化功底实在太烂，一百来字的简单记录，也能写出十来个错别字。

有一次，老周的女儿带那本父亲的记录来到学校。老周歪歪扭扭的字、语句不通的修辞还有经常用 ×× 代替的空格字，引起同学注意。有男同学抢过本子，跑到讲台上，大声地朗读里面的内容，每读一篇，都引来同学们哄堂大笑。

这笑声像箭，一箭一箭地射向空中。我看见，老周的女儿在哄笑声中，低着头，眼眶通红，一言不发，眼泪一滴滴地顺着她的脸庞流下——这个卑微的本子和上面那些卑微文字，就像她卑微的父亲一样，那么卑微，那么令人屈辱。

后来老周去世了。这个卑微的人，没有给女儿留下任何有价值的财产——除了数百本记录女儿成长的皱皱巴巴的本子，以及那歪歪扭扭的字。

老周女儿 30 岁才出嫁。作为发小，我受邀参加并主持了婚礼。

过去这么多年，老周女儿从没有跟人提过父亲为她记笔记一事。她被同学当场羞辱的那一幕，常常浮现在我的脑海中。或许对她来说，那些卑微的过往以及她父亲卑微的文字是一道深深的伤口，她学会了埋藏与遗忘——**每个人对曾经的伤口都有自动愈合能力。泰戈尔曾经写道：你烧毁了所有的记忆，从此你的梦就透明了。你扔掉了所有的昨天，从此你的脚步就轻盈了。**

这结婚典礼隆重而又豪华，仿佛是为了还击曾经卑微的生活。就在仪式即将结束的时候，新娘子忽然从我手中主动拿过麦克风，说要给大家讲一个父亲的故事。

闹哄哄的房间安静了下来，新娘子打开投影仪，一个皱皱巴巴的本子以及那歪歪扭扭的字出现在屏幕中。凝视着本子上的简陋文字，她开始讲述当年的父亲。

那个卑微的父亲、那些卑微的文字穿越时空，又活生生地出现在面前。走路佝偻着腰的老周，却每日一笔一笔地记录着他的小女儿；怯生生的小姑娘，看着父亲的本子被到处抢夺，在哄堂大笑中咬紧牙关强忍——每一刻的往事都不曾真正消逝，而是被上帝用另一种方式存放起来。比如化身为一张照片，凝结为一种味道或者记录为一段文字。只要你找到上帝存放往事的开关，记忆瞬间就能复活。

老周离开人世好几年了。但他的女儿，在她人生最重要的时刻，却借助父亲曾经一笔一字的记录，复活了父亲的样子，复活了当年

细腻的文字不仅是表述，更是温暖的传递。在某一刻，你无意中种下的文字种子，在他人心中或开成灿若春天的花圃。

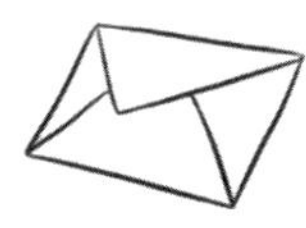

的父爱，光芒四射。

新娘看着本子，像当年一样，眼泪又一滴滴地顺着她的脸庞流下，只是这一刻，她的脸上写着的是自豪。

这就是文字的力量。每一个愿意用文字把你记在岁月里的人，都是对你用情至深的人。曾经的你，以为那只是歪歪扭扭的文字，最后你发现每个力透纸背的文字后面，藏着的是真真切切的爱。

文字还在，只是人不在了。

但是，即使人不在，文字的温暖还在，爱还在。

二

程兄常来学校找我喝咖啡。他知道我常常站在讲台上讲课，不方便通电话。所以，每次需要跟我通电话之前，他总会先在微信上问我可否通电话。

程兄在一家报馆担任编辑，是一个文字水平很高且细心的人。但我一直很纳闷，他每次在微信上联系我时，总把“电你”写成“点你”。一次、两次、三次，每一次都这样。

一个细心的人为何总重复打错字？这是一种下意识的重复笔误，还是一种刻意的隐秘表达？那次在珠影广场的星巴克里，我忍不住问他。

程兄说：“我现在一些讲话与修辞的习惯是受前女友影响的。你要知道，当两个人感情特别如胶似漆时，所使用的文字和语言系统都会与常规有所不同。比如以前女朋友想我时，她会给我发信息。但她每次都故意把‘想你’写‘念你’。比如当她想跟我通电话时，她故意把‘电你’写成‘点你’。”

我点了点头。

程兄继续说："可惜后来，我们还是分手了。我记得分手的那一天，她说：我们相处这些年，我故意使用的这些特别的词和特别的错字，为的就是在你的记忆里钉下特别的钉子，以后一看到这些词，你就会想起我。"

"她说得太对了！我们分开这么多年了，但是一些语言习惯我已经形成。现在我也习惯用这些特别的错字，而且每写一次就想她一次！"程兄笑眯眯地说。

爱情真有磁场，能把普通的对话伪装成摩斯电码！寥寥几字，就能让一个人内心情感涟漪不断。这就是文字的力量。

所以，以后当看到有人发给你某个特别的错字时，你或许要相信，他正在用文字，把那浓郁的爱伪装成忧郁的念。每错字一次，他就在想你一次。

三

我是中国最早一批网虫与版主，混迹于 ICQ 与碧海银沙之中，见证了这 Web1.0 时代的成长，但我仍一直很留恋纸笔。

我喜欢那种用笔用力写在纸上的感觉。当你把一横一竖、一撇一捺涂写在纸上，特别是连笔飘逸地写下去时，最后你会感觉整篇文字不是印在纸上，而是像插秧一样，把一个个的字用笔栽在泥土里。微风一过，满眼金黄，舒心养目。

一个外地的朋友曾患抑郁症，对生活完全失去信心，在家里休养半年。我写信安慰他，一共写了三十封——虽然可以选择电邮或其他网络工具，但我感觉在这个数码的时代，信不只是承载文字，而且驮送一种惦记。

后来，抑郁的他走出了思想的低谷——我知道，人总会自我成长，每一个生命都会自我找到出路，这跟文字的安慰无关。但每一个画在纸上的文字、写上的名字、写上的地址、寄到的所在，这让你在茫茫人海中有被惦记、被关怀的暖心——你要知道，**一个人再悲伤失望，只要他知道世界上至少仍有一个人惦记他，他就会感觉到这世界仍值得被惦记。**

这么多年，他一直记得，他一直感激我写给他的那三十封信：无论何时相聚，他总要在众人面前不断提及此事，言辞中感激涕零。那一刻，我相信了文字的力量。

人在黑夜中行走，一点点的暖心光明都会让人记得很久很久。文字就像火把，让我们在漫长的人生寒冬中，不再寒冷彻骨。只要在夜里念一封惦记你的信，忆一句与你相关的温暖的话，都会发现身上蓦然有了一种燃烧的温暖。

细腻的文字不仅是表述，更是温暖的传递。在某一刻，你无意中种下的文字种子，在他人心中或开成灿若春天的花圃。

你要相信文字的力量。

有一种时髦叫减肥

时髦是一种群体传染病，人有我也要有，人喜欢我也必须去喜欢，而不管这种时髦物品是否真是自己所需要的。

不知道从哪天起，我遇到的每一个女性：从四五十的半老徐娘、三十多的少妇、二十多的妙龄姑娘到十七八的豆蔻少女，她们共同的兴趣与讨论得最热烈的话题永远只有一个：减肥。任何关于减肥成功或者失败的故事，都能引来一片眉飞色舞。

我认识不少正值妙龄的女生。午间会餐闲聊，她们总是有意无意地把话题引向有关身材的谈论，先是对自己的身材抱怨一番，最后下定决心从口中吐出两个字：减肥。在我看来，许多的抱怨其实毫无根据，因为她们中的许多人身材适中，有的甚至跟"胖"字根本扯不上关系。但我不知道为什么，她们总是天天嚷着要减肥？

开始，我总是日复一日地耐心劝慰每一个在我面前嚷着要减肥的女孩，最后看她带着一脸满意的笑容袅袅而去。可是有那么一天，一个瘦瘦的骨感美人在我面前神情慵懒地唠叨说要减肥要减肥时，我才恍然大悟：减肥对女孩子们来说，已不再是一种必需，而是一种时髦。

当男人们以剪一个 IT 式的寸头为时髦，以会攀岩、打高尔夫为时髦时，女人们终于也找到一种属于自己的时髦：减肥。

时髦时髦，就是抓住时代的皮毛。一种趋之若鹜的时尚话题，如果人人崇尚、谈论它，你却对之一无所知，别人便当你落伍。**时髦是一种群体传染病，人有我也要有，人喜欢我也必须去喜欢，而不管这种时髦物品是否真是自己所需要的。**

减肥何时成为一种时髦，我们无从深究。但可以想象，开始时是一群身材看起来略为供应过剩的女性在讨论如何减去脂肪，后来身材适中的女性也觉得减肥是一种时尚，而后再传染到那些跟“肥”挂不上钩的女性，大家都觉得对减肥的认识程度成为能否在女性群体中被人尊崇的关键。关于减肥的谈论为她们的聚会提供永不枯竭的话题佐料，同时为她们迈入时髦的门槛提供一张入门券。此时此刻，减肥不再是一种身体的需要，而是成了女性们一种精神的会餐。

毛泽东曾经批评党里的一些干部言必称希腊，以此彰显自己的觉悟比别人高，也借此显示自己跟得上潮流的脚步。在这个甚嚣尘上的浮躁年代，女孩们也不知不觉地染上一种口必称减肥的时髦病。

现在，再有女孩子在我面前喋喋不休地说要减肥时，我把头扭了过去，置之不理。我知道她要的只是一种安慰，或者是一种奉承，或者想借此亮出一种时髦的标签，而我却不想成就她们的美事。在我看来，减肥是某些女孩子制造出来的一场阴谋，借此阴谋开展一场女性时髦话题的复辟运动。

我毒舌如蛇，谢谢你一笑了之

那一刻只有我知道，我爸是用温柔的文艺范掩盖了腾腾的杀气。他的意思我懂：如果我没安好链条，我的人生从此将阴雨绵绵。

一

我认识很多二货朋友——比如这对阿强和阿丽。

阿强是我见过的最唠叨且出言最毒舌的男人——即使是对着他的老婆阿丽。阿丽则是我见过的最路盲且暴脾气的女人。

每次郊游，基本都是阿丽开车，而她每次总能把一条最简单的路线开得七拐八拐，而且最终还是迷路。阿强坐在一旁唠叨指路，一旦开错路，他则出言不逊，骂阿丽脑残不听他的话。不一会儿，阿丽就会停车，把丈夫拉下车，然后双手叉腰，冲男人狂吼。

过一会儿，当车继续开，唠叨兼毒舌又继续，狂吼又来袭。

每一次，这个男人都被吼得怒目圆睁，握紧拳头，女人也怒目相向。每一个坐在后座的人都胆战心惊，感觉一场战斗随时会开始。但是，车开到终点时，你会看到敌对一路的两个家伙，一转眼就能当着众人的面卿卿我我、感情甜到哀伤——你所看不懂的二货世界里，却有最让人羡慕的二货精神：骂不倒，打不垮，毒不怕，笑不死。

从此，我也明白啥是好的感情：你毒舌如蛇，我却一笑了之；我脑残如斯，你却不离不弃。

二

有一次，我去澳门大学讲课，顺便去了澳门威尼斯人游玩。

在商场的一家电子产品商店中，我看中一个 iPad 的外接键盘，询价 1 000 元。那个键盘样子好看，但价格实在高，这让我犹豫不决。

于是我决定用专业知识跟老板砍价。我向老板提了三个他必须降价的理由："第一，规模化的电子产品成本很低。第二，这款产品的技术含量并不高。第三，只有经常写作的人群才需要外接键盘，所以这款产品不是刚需。"

三个理由铿锵有力！老板被我震住了："哇哈哈，果然是文化人！砍价不可怕，就怕砍价有文化。800 给你吧！"

哇哈哈，我太高兴了，有文化真好！

晚上我回到广州。上网一查淘宝，这玩意儿才卖 80！

哇哈哈，这就是知识改变命运。

三

那天，我去广州 W 酒店主持一个金融论坛，认识了一群"高大上"人士：他们开过游艇环游世界，善于攀岩还精通股市。晚餐时，他们觥筹交错互为知音，我却无从置喙。

这时，一个西装革履的男人过来主动跟我搭讪："哈喽，你咋看最近的股市，你看好哪个股票？"

我答："我不懂股票。"

他又问："你平时去哪里打高尔夫？"

我很诚恳地答："我不懂打高尔夫。"

他再问："你喜欢听哪种音乐？"

我很老实地回答说："我不懂音乐。"

他忽然站起来，激动地握住我的手："太棒了！我终于找到一个跟我一样什么都不会的人了！"

我也有激动欲哭的感觉:"啥都懂是知音,啥都不懂也是知音啊。"

四

学院有个陈师傅，经常载我去珠海校区上课。

有一次他说："林老师，你最近讲课的水平有进步，说笑话的能力提高了！在学院老师的平均水平中，以前你是下偏中，你现在是中偏下了！"

哇哈哈！一个司机敢评点我上课！我狂笑。哇哈哈！

我还没笑完，陈师傅说："我每次载你去上课，没事干时坐在后面听，比如那门危机管理的课，你的每句话我都可以背出来！就那么简单两招！如果有一天你有事，我可以代替你上去讲！"

言毕，他开始哇哈哈，大笑！咦，我好像再也笑不出来了。

五

我爸是个机械工程师，一辈子都在潮汕的一家重型机械厂工作。

在这个被熔炉、机床、压缩机、起重机所包围的刚硬世界里，他的内心却潜藏深刻的文艺范——以前我不知道文艺范有何用，直

到读初中时，有一次我摔坏了新买的自行车后，我就知道了。

那次，当我胆战心惊地推着摔断了链条的新自行车站在他面前时，我爸正跟朋友们在喝茶。看着像垂柳一样断开的车链，他的脸色渐渐阴沉——所有人都看得出来，他准备动手了。

朋友们正想来劝他时，我爸摸了一下我鼻青眼肿的脸庞，轻轻地说了一句："你若安好，便是晴天。"

此话一出，朋友们都愣住了，然后热烈夸他对孩子真宽容。我爸的形象从此无比高大。

那一刻只有我知道，我爸是用温柔的文艺范掩盖了腾腾的杀气。他的意思我懂：如果我没安好链条，我的人生从此将阴雨绵绵。

文艺范对人生真的很重要呐，比如可以把腾腾杀气化为虚无。

正是因为父亲是一个机械工程师，所以退休后他总在家里鼓捣各种奇怪的电器，比如改装时钟让它会唱歌，比如将用来腌制咸菜的瓮制作成音响——有时候，他会弄出一些惊世骇俗的玩意，比如一台奇怪的组合风扇：庞大的身躯小小的头，这个头不仅左右摇摆，而且会上下伸缩，发出直升机一样的呼啸声响。

看着老爹很得意地看着这台杰作，我忍不住问他："这个丑玩意有啥用啊？"

老爹恶狠狠盯着我，一会儿返回屋里，找出一张我刚出生的照片。然后指着照片朝我大声吼道："你说，刚出生的丑玩意有啥用？"

六

那天有人加我微信，我问他："请问如何称呼？"

他说："我姓谢，你可以叫我谢总。"

我迟疑了一下说："你的名字只有一个字，叫总？"

他说："当然不是，我是老总嘛，所以你叫我谢总就可以了。"

好的，谢总。谢谢你，谢总。

微信朋友圈上总有一些自我感觉良好的陌生人，总给我无限讲故事的灵感。生活中，如果我们每一个人都如此感觉良好，该是多么欢乐的事。

比如我总觉得自己的名字不够响亮易记，所以下次有人问我叫啥名时，我应该说："我叫林帅，帅呆了的帅，帅瞎狗眼的帅。"

七

我妈是一个忧伤主义者，她总觉得我的生存能力不够强:“阿仔，你要多念书，多刻苦，以后才能更好地生存。”每次见我，她总要念叨。

我很忧伤，不知如何才能让妈妈不忧伤——后来我有主意了。

2015年国庆我带她去了新加坡旅游。并且连续几天带她去新加坡有名的东南亚美食区甘榜格南，吃娘惹餐、黑暗料理、椰浆鸡饭、甜椒炒粿条、印度咖喱手抓饭、叻沙面……各种奇怪到天理难容的味道扑面而来，每吃一次我妈的眉头都皱了又皱。我却对每一种食物都大快朵颐。

吃到第五天，我妈眉头舒展开了：“阿仔，看到你能把各种奇怪的食物都愉快吃掉，我相信世界的任何苦难都拿你没办法了。我终于放心了。”

我妈多年对我的忧伤终于化解！你要相信，每一个坚强吃货的心里，都有一颗超坚强的心。

在离开新加坡的最后一天，我去金沙赌场逛逛，逛累之后在一家咖啡厅坐下。邻座一个意大利老人过来闲侃：“哈喽，今天手气如何？我赢了一张新加坡到罗马的免费机票！”

我瞄了他一眼，说：“我从不喜欢赌博。”

老人表情夸张：“哇哇，你是个好人呐！”

他抽了一口雪茄：“你喜欢古巴雪茄吗？味道棒极了！”

我没好气地说：“我从不喜欢抽烟。”

老人的表情更夸张了：“哇哇，你是个好人呐！”

他喝了一口酒，问我：“你喝威士忌多还是伏特加多？”

我说：“我从不喜欢喝酒。”

他几乎把酒喷了出来，抓着我的手：“哇哇，我今天遇到一个真正的好人呐！”

临走时，他拿过餐巾纸写了一句意大利文，说：“这是我们意大利谚语对好人的评价。”说完就走了。

我看不懂文字，叫来侍应翻译。侍应一字一句地翻译：“他是个好人，好得一无是处。”

八

我常接到骚扰诈骗电话。一天一个显示广州号码的电话打过来。我一接，有个女子用标准普通话对我说：“你好，我是广州市公安局的！你涉嫌洗黑钱，请立刻过来局里一趟！”

她的口气无比严肃，充满不容置疑的正义感。

我问她:“你知道我是广州人吗？”她迟疑了一下:“嗯，咋啦？”

我很严肃地问她：“你知道这座危险的城市，开车过隧道可能被水淹死吗？你知道广州火车站广场上，冲你微笑的人有一半都是坏人吗？你知道淘金路上的中国最大外籍黑社会团体最喜欢抢劫长得丑的商人吗？你知道荔湾区华林寺玉器一条街买玉砍价 50% 以上，被店主砍伤的概率高达 50% 吗……”

小妹声音软软地说：“我还真不知道这些……”

放下电话，我开始忧心忡忡，这么善良的小妹，在广州这座险恶的城市该如何生存下去啊。

第六章

我们都是时间的孩子

我们都是时间的孩子

我们都是时间的孩子。对于生命本义来说，成也好，败也好；喜也好，悲也好。放进时光的隧道，一切都无足轻重，一切轻如尘埃。

一

作为一个屌丝，我喜欢听别人高谈阔论，但在心里会暗暗找对方的逻辑误区。

那晚，一个土豪老同学来家里喝茶。初中毕业后，他去了深圳卖菜，后来倒卖 DVD，再后来去越南卖家电，再再后来杀回广州开了一家房地产中介公司，最终坐拥万贯家财，实现从屌丝向土豪的逆袭。

他动情地回忆当年如何战胜苦难获得今日成就。“人定胜天！”他很自豪地说。

以前，我常为这种故事感动得涕泪横流。**现在，我只会喝口茶，然后把头望向窗外——成与败都是时间的媾和产物，没有人会注定要成功，如果苦难的时间足够长，你一定会被苦难打败。**

这个土豪老同学，十年前去越南之前做生意几乎输得一无所有。离开中国的前一晚，他来我家里喝茶，边喝边落泪，感伤运气不好。那时，我只是默默地喝茶，一言不发。

我知道他不是真的输，只是那一刻掉进时光的万花筒，被幻彩照得有点眩晕罢了——不需要安慰他，该站起来的时刻，他一定会站起来。**成与败都是时间的媾和产物，没有人会永远失败，只要他坚持的时间足够长，他一定会有成功的一刻。**

从宇宙相对论来说，时间是决定一切的变量。你的人生成功了吗？那是微观视角的自我陶醉；你的人生失败了吗？那是窄化时间概念的短视麻痹。地球的诞生源于宇宙某个奇点的爆炸——偶然性与不确定性是宇宙最核心的定律。所以，成功也好，失败也好；苦难也好，快乐也好，不过是人生某个奇点上的偶然事件。

我们都是时间的孩子。对于生命本义来说，成也好，败也好；喜也好，悲也好。放进时光的隧道，一切都无足轻重，一切轻如尘埃。

美国医学家麦克杜格尔曾做过实验，把临死的病人放上超灵敏的电子秤，在病人死亡的那一刻，发现他的体重瞬间消失了 21 克——这就是著名的灵魂 21 克理论的发源。

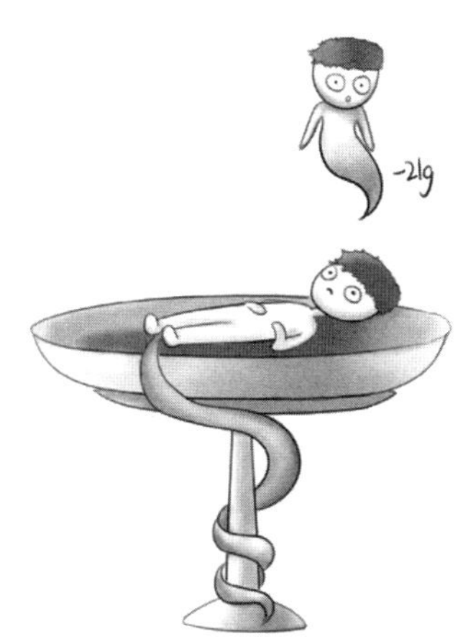

电影《21 克》的台词这样说道："不论你恐惧与否，终点总会来临，那一刻你的身体轻了 21 克。"

当你在为梦想激动得欢呼雀跃时，上帝在微笑：你的梦想很轻，就值 21 克；当你在为苦难难过得泪流满脸时，上帝在微笑：你的苦难也很轻，就值 21 克。

"人类一思考，上帝就发笑。"你看米兰·昆德拉在《生命中不能承受之轻》一书中的告诫，多像梵音啊。

二

我喜欢坐地铁。地铁里人来人往，就像一群游弋在时间长河中的鱼。我不知他们从哪来，要到哪去。但我知道，他们都是时间的产物，时间把人带来，把人带走。

这世上的一切都跟时间相关：陌生的人成了亲密恋人，因为他们在某节人生的火车上，把清淡的时光熬成了甜蜜的回忆；那些离开了我们的长辈，因为他们人生的火车驶出了时间之外，让风从此拖曳着永恒的念想。

我喜欢坐地铁，喜欢看众生喜怒，喜欢听风声呼啸，喜欢观人来人往——因为，这一切都是时间的化身，而我们都是时间的孩子。

三

一个哥们参加了两次非诚勿扰，每次在接近成功的时候，他却放弃牵走女生。

我笑他："是不是年纪越大，越不能爱了？"他说："你错了！是年纪越大，越知道哪些不是爱。"

堂哥是马来西亚一名非常成功的商人，作为虔诚佛教徒的他，最忌讳的事情就是别人用"成功人士"的标签赞他。那次我陪同他去吉隆坡出席一个马华商人盛大商业盛典，他上台致辞时说："我只用快不快乐衡量自己，而绝不会用成不成功来衡量。"

掌声雷动。许多人都觉得堂哥很谦虚。堂哥却对我说："不是我谦虚，而是年纪越大，我越知道哪些不是成功。"

阿克兄是个官员，为人慷慨大方，朋友遍天下，每次我跟他吃饭，总能在饭桌上认识不少他的新朋友。

但我一直很奇怪，阿克兄很少用"朋友"这个词来称呼一个人。他告诉我："不是我不重朋友，而是年纪大了，越知道哪些不是朋友。"

是的！年轻时，我们看啥都是爱，看啥都像成功，看谁都是朋友。年纪大了，你再看这一切，好像啥都不太像了。

四

那天有一个朋友来访。大家烹茶忆旧，谈及共同认识的人与经历的许多事，齐齐大笑，默契于心。

我认识这个朋友有十年了，平均五年见一次面。这一次见面是我第三次见他，大家有相见恨晚的感觉。

同样是这个朋友。五年前的一天，那是我第二次见他，大家交谈了一下午，像两个客套朋友，有一搭没一搭地聊着，感觉勉强。

还是这个朋友。十年前的一天，我第一次见他时，甚觉无趣，话不投机半句多。

那天他走后，我一直纳闷：同样一个人，为何十年来，每一次相见，感觉都不同了？是他变了，还是我变了，抑或是时光变了？

十年前，我第一次读马尔克斯的《百年孤独》，晦涩无味，那种魔幻现实主义的描述手法实在令人无法理解。

五年前，我第二次读了此书，心有所思，似懂非懂。

今天，我再读此书，苍凉的感觉击穿心灵——同样一本书，同样一个作者。我很纳闷，是书变了，我变了，抑或是时光变了？

我是一个对时光很敏感的人。过去许多年，走在路上，站在讲台上，静坐在树下，我总想去追寻那些寻常日子的不寻常意义，但

屡屡徒劳无功。

十年后的今天，我回顾多年前那些貌似无意义的日子，却发现意义如烟花般绚烂——朋友的意义、书的意义与日子的意义，好像都一样。乍一看毫无意义或毫无感觉，一旦放进时光隧道之中，意义迸现。**时光终会赋予寻常事物不寻常的意义。生活没有无意义的日子，只是未到回顾时。一如天下没有无趣之朋友，只是未到交心时。**

五

八月的广州总是雷雨交加。

我和表妹阿萍在客厅喝茶，她五岁的女儿一个人在房间床上玩耍。那天广州电闪雷鸣，台风呼啸。一阵猛烈的风过去，整个小区停电了。

没坐一会儿，她女儿就在屋里喊："妈，我怕黑！"

阿萍说："不怕，妈在！"

又一会儿，一个响雷劈过来，雷声响彻天边。女儿又喊："妈，我怕雷！"

阿萍大声地说:"不怕，妈在！"她的声音听起来比雷声还响亮，好像要把雷吓倒似的。

十分钟后，女儿再喊："妈，我怕台风！"

阿萍说："不怕，妈在。台风要是来了，我会打它的。"

听到阿萍一声声坚定的回应，我很纳闷。在我的兄弟姐妹中，我这个小妹以前一直胆子最小，怕黑、怕雷、怕台风、怕昆虫，怕一切别人都认为不需要怕的东西。现在，是什么让她对曾经害怕的东西不再害怕？

上个月，我去香港新界大埔看外婆。外婆高寿，但身体健朗，她身为香港老年人健康协会的舞蹈教练，每天的生活很充实。虽一个人生活，但大小事她都能一个人独立搞定。唯一让她为难的就是家里物品的修理。

外婆说："你来得正好，马桶坏了，你修一下。"

我用螺丝刀把马桶修好了。

外婆又说："厨房下水道堵了，你看看。"我趴下身子，用铁丝钩通了。外婆又说："房间电线短路，你去弄弄。"

我把电线盒拆开，把电线重新弄一下，电通了。

那天家里刚好有几个老朋友在，外婆把我夸了一顿："我这个孙子，家里的这些事他啥都弄得了！"

我脸红了。但同时，我也纳闷了：曾经我最讨厌修马桶、通下水道、接电线，是什么让我对讨厌的东西不再讨厌？

时光真是一个魔术师，带走痛苦也带走快乐，让你成功也让你失败，让讨厌的变得不讨厌，让无意义变得有意义。让尘成为人，也让人回归尘。我们总会改变，我们总在改变，一切都在改变。

不是我们被时光改变了，就是我们改变了时光。

紫荆花飘落校园时，带你亲爱的人重返时光

大学是一个学习的空间，但更像一个美好与喜悦的承载体：这里承载知识、承载历史、承载感情、承载回忆。在许多人的成长记忆中，最美好的链接点总与大学有关，无论是青春、成长、心动、离别、欢聚还是爱情。

一

在学院，有一次我给MBA班上课，当学生们全部入座后，我发现课室里多了一位衣着素净、年逾七旬的老人——一位学生带着父亲一起来上课。

在这大学讲台上，我见过学生们带过闺蜜、恋人、父母亲、朋友来过课堂。我所讲授的三门主要课程——“危机管理”“决胜互联网+”“点亮社群：新媒体传播策略”都是专业课程，这些课程对于本专业的学生来说都不一定很好掌握，何况是非修本专业的外人？所以，学生们所带的亲人来听课必然不为学习，那他们来的目的是什么？我曾经想不通学生们这么做的目的。

那天，老人端端正正坐在他儿子旁边，表情就像一个刚刚入学的新生，有些拘谨、好奇但又带着些许自豪。而他的儿子，整一堂课喜悦之情溢于脸上——我没有去问他为何想带父亲一块来上学，因为我知道，洋溢在他脸上的喜悦就是最好的答案。

或许他的父亲曾为供养孩子念书操劳一生，期盼着他的孩子能

有时候，一个特定的空间、一种特定的味道、一种特定的声音，会让我们与多年前某段青春年少的时光劈面相遇。

够步入知识的殿堂出人头地。而他的孩子不负期望，终于踏入中国一流的大学。今天，年迈的父亲与儿子同窗共坐，目睹儿子专注地学习，对于父亲来讲，这是何等由衷的喜悦与自豪？

或许他的父亲刚刚从遥远的家乡第一次来到广州，儿子很自豪地向父亲介绍这座城市，介绍自己的大学。这里的一切都让父亲感到好奇，特别是儿子每天都接触什么人，经历什么事。无论孩子有多少岁，在父亲眼中，孩子永远都是孩子。而孝顺的儿子带着父亲，来课堂，去饭堂，去图书馆，请朋友吃饭，看电影……儿子想让父亲了解自己每一天的每一件事——坐在课室中，只是孝顺的儿子让父亲了解自己的一个接触点，但每一个可以让父亲喜悦的时刻，都让儿子感到喜悦。

大学是一个学习的空间，但更像一个美好与喜悦的承载体：这里承载知识、承载历史、承载感情、承载回忆。在许多人的成长记忆中，最美好的链接点总与大学有关，无论是青春、成长、心动、离别、欢聚还是爱情。

当与美好的人并肩走在大学绿荫道上，共坐在窗明几净的课室里时，许多人的眼神都会充满无限的温柔与喜悦。无论你在人生路上走得多怅然，与亲爱的人坐在课室中，你总有种时光不曾逝去、美好永远萦绕的错觉。

所以，当紫荆花飘落校园时，就带着你亲爱的人重返时光，走进大学里，逛逛绿荫道，跑跑大操场，听听下课铃，吹吹校园风，或坐在课室里听听课……尽管这违反了学院规定。

二

大学里，一批又一批的学生来了又去，像时光河流里的浮萍，青青翠翠地顺流而来，又款款地逐流而去，彼此相忘于人生的旷野。我无法一一记得他们的名字，但我始终记得许多喜悦跳动的表情。

有一个基层干部班，来自最遥远西部的新疆喀什，许多人是几十年前内地援疆的干部，一转眼人生过半。青春与校园早已远去，人生的浮沉与漫漫风沙都写在沧桑的脸上。广州是喀什的对口援疆城市，所以每年会资助一批基层干部定期过来广州学习，于是这批“老学生”得以不远万里来到遥远南国——许多人几十年来都没有踏出过新疆，更别说来到遥远的广州。

大西北的太阳晒黑他们的皮肤，猛烈的风沙也粗糙了他们的面容。但在课堂中，他们喜悦的表情就如三月里的木棉花般灿烂开放，窗外那啾啾的绿色刹那间让黝黑的脸庞洋溢着别样的青春。

我知道，那一刻岁月在他们心中开始倒流，青春瞬间回归。年龄不可以逆转，但感觉可以。**有时候，一个特定的空间、一种特定的味道、一种特定的声音，会让我们与多年前某段青春年少的时光劈面相遇。**

这些人刚坐进课室时，都是非常严肃，表情僵硬。但当上课的铃声响起，每个人互戴校徽并且高唱校歌时，他们的眼神开始柔软，笑容开始显在脸上。我知道那一刻他们的青春记忆开始被唤醒：他们回归的不是一个空间，而是一段时光。而我不是在讲授一堂课，而是在主持一次时光的加冕礼。

每个人都有时光倒流的错觉——当一个人离开校园几十年，在滚滚尘世中历经辛酸与不易，有一天他再回课室时，吸引他的或许不是书本上的知识，而是重回课室时记忆被唤醒的美好。

每个人身上都有一个唤醒美好感觉的心灵开关：它可能藏于一部电影中，它可能躲匿在一张照片中，也可能隐身于年少时爱读的书本里，也可能静坐在你熟悉的大学课室中。只要觅回这种感觉，我们所失去的笑容，我们所丢却的记忆，将瞬间回归。

假如有一天生活让你忧伤，不要焦灼，当你静静地坐在课室中，静静地看着紫荆花飘落窗外，那一刹那你或许会发现那开启美好时光的钥匙，上帝早已帮你送至眼前。

三

在大学的三尺讲台上，我见过许多人。有一个人的眼神，我始终记得：不惊，不喜，不骄，不躁。那种平静的眼神让人印象深刻。

我好奇，一个人要走过多少的路才有这样的宠辱不惊；要历经怎样的浮沉才有如此的平静如水？他有一种静而生慧的沉淀。我们化得了妆，我们美得了容，但改变不了我们眼神中的光彩：双眸如水，其心至善；双眸明亮，其性坦荡。看不见的是人生，看得见的是命运：机缘与际遇，悲或喜，都一一在我们的双眸里绽放如烟花。

这个班毕业时，我参加了他们的聚会晚宴。

餐毕他们围桌而坐，谈理想、谈未来、谈人生。有的人，目标是创办公司；有的人，目标是开小资咖啡馆……最后一个发言的人，就是这个眼神特别平静的学生。他说，他的人生没有目标，觉得慢慢活着，每天有一点小快乐就挺好。

此时，他笑脸盈盈但又不失认真。那一刻我被触动：每个人都有自己的生活追求，但最终理想的生活就是快乐地生活。我见过一些有远大理想的人，有着远大的目标，他们的追求是燃烧的青春。但是也有一些人，没有给自己设定一个远大的目标，只觉得慢慢活着，活出滋味、活出感觉就够了，他们的追求是平静如水的舒缓人生。

在成长道路的选择上，没有优劣对错之分，只有快乐的人生体验才是我们共同的生活追求。人生的一切努力，无非都是快乐的附着物：孩子出生，增加了父母的快乐；财富增多，增加了奋斗者的快乐；身体壮硕，增加了锻炼者的快乐。

每每傍晚下课之后，我会走到学校北门的广场边久坐。那个广场是大叔大妈们跳广场舞的聚集之地。我静静地坐在广场一隅，紧紧凝视着每一张快乐的脸，那时我的内心充满柔软与喜悦。生活中每一张由衷的笑脸总是轻易把人打动。面对着一张张真诚的笑脸，我们内心的喜悦会瞬间像烟花般被点燃。

多年前中学毕业时，班主任问班里同学的志向，想做科学家、做工程师、做市长的同学应有尽有。班主任问我：“林，你的人生理想是什么？”我答：“快乐。”老师说：“你理解错了题目。”许多年之后，我其实很想说:“老师，我没理解错题目，是你理解错了人生。”

这么多年，我也不知道我的理想是什么，就像那个学生一样。但我知道快乐就是我生活的追求理想——每一天站在这讲台上，每一天走在中国这大地上，我像一个无业游民，努力寻找每一张明晃晃的快乐笑脸，就像寻找我飘浮空中的虚无人生理想。

男人要么终生顽性，要么一夜长大

上帝有时很铁石心肠，欺负一个人的时候会接二连三：先夺其所爱，再废其所长，继而毁其所有。他缓缓地述说，没有抱怨，没有自怜。

一

阿勇曾经是我见过的最不懂事的男人。到了三十岁还一无所长，一无所有，他的青春都在呼啸街头。所有认识他的人都觉得，一个男人到了该立业之年不立，到了该懂事之年不懂，这辈子估计就这样废了。

35 岁那年，他的父亲忽然去世，母亲病重，阿勇的人生走向了拐点——所有的放纵与放任都失去了依靠。这个男人必须面对现实与命运了。所有认识他的人都觉得，这个男人必然垮掉，都暗暗为他母亲的养护问题担忧。

那次我回到潮汕的小镇上。夜灯初上时，我在阿勇的宵夜档口坐下，看着这个曾经鲜衣怒马的潇洒少年，一个人腰系围裙炊烟生火满头大汗杀鸡杀蟹煮粥洗菜端盘收钱。一个十指不沾水的男人干起厨房活来也迅速而有模有样，只要他想干。

凌晨时分，我默默看着阿勇收档，邀他坐下喝一杯。阿勇礼貌地回绝了。

“我一会还得回家伺候我妈。白天出摊，晚上守床。”阿勇说。

他的脸上看不出任何命运重压的痕迹，仿佛一切青山依旧，绿水照流。他只不过轻轻地转了一个身，将呼啸街头的精力放在谋生与照护母亲身上罢了。

我相信，曾经不懂事的他已脱胎换骨——这就是男人，要么终生顽性，要么一夜长大。

二

我没见过一个朋友比大头更花心了。

曾经，他来大学看我时每次都带不同的女生，一个比一个漂亮，带着她们上酒吧、歌厅，去旅游，青春疯狂得潇洒无比。

他说：林，不是我花心，我只是容易喜欢别人——所有男人都一样，专情只有一个理由，花心却有千百万个借口。有些男人天生就不会有爱，只是会耍。

去年，他带一个文静的姑娘来见我。他竟然一改以前的浪荡作风，斯文讲话，举止绅士，他看那女生的眼神，充满无比的喜欢、欣赏，甚至带着我从未见过的腼腆。

大头悄悄告诉我，交往一个月了，可是他连姑娘的手都不敢牵。

女人的长大是渐进式，就像一朵花，时间到了必然成熟。而男人长大则是忽然式，就像竹笋，你只见它在地底悄无声息，但不知不觉间，忽然就冒头成熟了。

看着大头深情凝望姑娘的眼神，我知道这个坏男人一夜间长大了，心中真正长出爱的种子：**能够让一个坏男人开始克制自我的，必定是一种成熟的爱——喜欢是放肆，爱却是克制。**

三

有个兄弟，相恋多年的女友刚抛弃了他，工作多年的公司也因业务调整解雇了他，刚买一个月的新车也给偷了，就在这时他的父亲竟然突然中风入院了——我们坐在星巴克里，他表情平静地述说着一切，好像在说一个别人的故事。任何一种内敛的悲伤都让人动容。

上帝有时很铁石心肠，欺负一个人的时候会接二连三：先夺其所爱，再废其所长，继而毁其所有。他缓缓地述说，没有抱怨，没有自怜。

人有时会脆弱得因为一句话就泪流满面，有时却坚强得可以咬紧牙关独自走很长的路。面对苦难，一个人的自若或是世上最动人的风景。

有些男人经历无数年岁，仍然幼稚得像顽童，不该争时强争，该放手时不放手。不该抱怨时抱怨，该释然时不释然。

男人的长不长大，跟年岁无关，跟经历无关，只跟认识有关。

命运可以打击你无数次，但坚强总会让你最后再站起来一次。

在成长的道路上，风景差得让人沮丧，但真正成熟的男人在意的是远方。这就是一个男人的长大。

四

从高铁站出来已经凌晨了，我叫了出租车回家。

司机看起来很疲惫，说:“我以前做老板的时候，十点多就睡觉，现在做司机得熬夜，还真不习惯。”

我好奇 :“你做过老板？”

他不好意思地说:“是的。但后来给人骗了一次货款，就倒闭了。后来，我贷款又开了工厂，但又给人骗了一次，厂又倒了。可能我天生就是开出租车的命，只不过之前上帝把我伪装成老板。我现在觉得做司机其实也挺好的。哈哈哈！”

寂静无人的街道上，他的笑声震得黝黑的夜都亮起来，我一下子喜欢上这个男人。

认清生活真相之后，依然热爱生活。这就是男人本色。

第七章

知道为何而活，
就能忍受任何一种生活

知道为何而活，就能忍受任何一种生活

每一个老人都是有思想的。一辈子见惯人来人往的人，他总有一些特别的智慧，即使他念书不多。

那天广州下着倾盆大雨，我的皮鞋鞋底坏了，于是找到了学生宿舍门口的补鞋档。

这个补鞋档在这里摆了十年，每天都是同一个老人在出摊。虽然每天来来往往，但此前我从未同老人有过交流。

我在凳子上坐下，把鞋递给老人。他拿起鞋，眯着眼仔细端详。

“你走路的角度有问题，态参量不均匀，力分布散乱，所以鞋跟会坏。”老人说。

我所在的这所中国知名高校中，每一个不起眼的老人都会让人心怀敬意——那个踟蹰走路的老人可能是改变中国航天的泰斗，那个推着单车的简朴老人可能是中国政务管理学科的奠基人。但我从没想过，宿舍门口这个毫不起眼的补鞋老人，一开口就让人如此吃惊。

看到我吃惊的表情，老人不好意思地说：“以前我是中学一级教师，教物理，教书匠的讲话习惯还是有点难改。”

我更惊讶了。

“女儿离婚了，收入也不高，一个人生活不容易。于是我提前退休来这里照顾她，补补鞋是乐趣，也当是补贴点过日子吧。”

过去多年，老人几乎每天都出摊，从早到晚做足10小时，下雨时就躲在一把小小的雨伞下。作为一名自尊心极强的知识分子，这种生活他为何能忍受？

“知道为何而活，就能忍受任何一种生活。”老人把鞋递给我，说了一句。

告别老人，我走出了好远，雨水打在我的脸上，那冰凉的感觉仿佛提醒我，每一个老人都是上帝派来的隐蔽使者，他们总用貌似不经意但饱含智慧的话语点拨混沌的世人。

许多个早上，我行走在番禺的大夫山森林公园中，时常见到有

孤独的老人在树下，或独自静坐，或独自歌唱。行至人生高处，回首望众山皆小，昔日爱恨情仇都付诸笑谈中。老人的生命简洁到仿佛只剩下平静。

我好奇，在树下咿呀独唱的老人，乘着这沧桑的歌声，如何俯瞰往事蹁跹成云。人老之后，与名利搏斗的欲望消退，与自我对话的想法却强化。**年轻时我们不断出发，踏足远行，寻觅意义。待冠盖满京华，抑或斯人独憔悴时，我们总会回到这树下，咿呀独唱。那时发现，寻觅一生的意义就隐遁在心中，就像水回到了水。**

我好奇，在树下静坐入定的老人，站在人生暮年高地上，如何回看轻舟已过万重山。老人走过了我们未曾经历过的岁月，他们去过我们从未涉足的远方，在这菩提树下，要怎样一种虚怀才能将这一世的疼痛和欢悦静静入定？

莱蒙托夫曾写道："一只船孤独航行在海上，它既不刻意寻求幸福，也不逃避幸福，它只是向前航行，底下是沉静碧蓝的大海，而头顶是金色的太阳。"老人入定的那刻，金色的太阳是否就静静地照射在他这一生的航程中？

每一个老人都是有思想的。一辈子见惯人来人往的人，他总有一些特别的智慧，即使他念书不多。

看守学院值班室的詹大爷，一辈子孤身一人。看了几十年大门的他，常在傍晚时分，等熙攘的学生退去，一个人长久坐在院子里对着夕阳发呆。

有一次我问他：一个人孤独吗？

他跟我说：在这里，学生们学会了谋生，我学会了回忆。一个人只要有了回忆，就不会孤独。

佛是过来人，老人则是未来佛。我信詹大爷的话：一个人只要有了回忆，就不会孤独。哪怕只在阳光下生活一日，也能凭记忆在

黑暗中独处百年。一个人知道为何而活，就能忍受任何一种生活。

老人们都知道生命的意义，因为他们都知道为何而活。正因如此，无论生活的境况如何，老人们总比年轻人更能忍受生活的浮沉——当一个人知道为何而活时，他们的步履特别平静，他们的眼神特别平淡，他们的生活特别平实。

每当对日子感到焦灼时，我就会在老人身边坐下，看着他们在这湖边的树下，睡意蒙胧地缓缓低头，直至春天的暖风将其拖入梦乡——在这个焦灼的时代，在这个焦灼的社会，一个能够随时随地都安然睡去的人必定是一个幸福的人，而能够承载起这份幸福的，通常只有老人，因为他们有平静的心境，因为他们知道为何而活。

许多个安静的午后，在微风吹拂的树下，老人就在时光流淌中缓缓睡去，一生的心事有如岸边的垂柳，在梦呓的微风中轻轻地飘荡。当老人睡去时，风不怒吼了，树不摇动了，鱼不跳跃了，万物变得蹑手蹑脚。一切都安静了下来。这一刻很静，这一生很静。

老人都是生活的智者，老人都是上帝的使者。他们只是来告诉我们：生活的意义在于生活本身。知道为何而活，你就能忍受任何一种生活。

存在，只是为了照亮

蓦地，他仿佛听到了暴雨的喧哗，听到山洪正在自己脚下低吼，几十年前那个豪雨之日，那个跳进激流中的身影在这一刹那间闪现在眼前。

一

多年前，在香港启德机场，我和姑妈用鲜花迎接表哥从澳大利亚留学归来。记得当时姑妈望着意气风发的表哥一个劲儿地说："终于学有所成了！终于熬出头了！"我握着表哥的手，感觉到他手上的厚茧，也感受到他的力量。

表哥的童年是在内地农村度过的，他曾经给我讲他在家乡念书的故事：家乡那所小学坐落在荒原上，所谓的学校其实是一间破烂不堪的房子，蚊虫在教室里横行肆虐，下雨的日子，学生们要打伞或戴着竹笠上课；不下雨的时候，阳光颤颤悠悠地从屋顶的缝隙中爬进来，教室里除了一块破黑板什么都没有，每一个学生都要从家里带凳子去坐，但每个人都很起劲地学习，因为他们都知道学习的机会来之不易。最难忘的是，每天一早，身兼数职的班主任就会风雨不变地带领他们背诵一首首唐诗：白日依山尽，黄河入海流……老师在最恶劣的生存环境中还不忘用诗歌给学生们以最灿烂的生活想象。

因为穷，不少学生交不起学费，面临着辍学的危险，学校也已是穷得连一块像样的黑板都买不起。乡里曾多次要将学校停办，只是在班主任的苦苦支撑下才勉强维持下去。班主任苦无他法，只得在课余时间带着学生上山砍柴，卖点钱来补贴一些学生的伙食费，让他们得以继续上课。

表哥永远忘不了那一天：他们像往常那样上山砍柴，大家都非常卖力，砍了很多柴。因为快要考试了，多砍一点柴，留着以后用。学生们背着柴下山时恰逢大雨倾盆，他们在山上躲了很久，雨不仅没有停的迹象，反而越来越大，耳边似有山洪涌动的声音。情况越来越不妙，班主任决定带领他们冒险下山。他们沿着一条小道快速下山，班主任在后面照应。经过一座独木桥时，一位学生不慎摔下

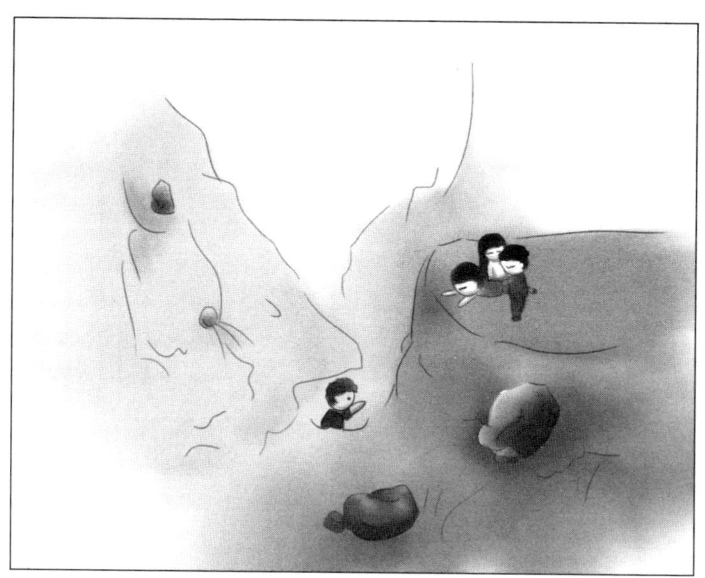

存在，只是为了照亮。

了汹涌的波涛中，班主任即刻跳下去死命将其托起，自己却无力爬上又高又陡的岸。当时学生们都太小了，谁也够不着把老师拉起来，最后他们眼睁睁地望着自己敬爱的班主任被激流吞没。

班主任入殡的那天，全校几十个学生全部身着重孝，跪在坟前恸然大哭。残阳如血，倦鸟归巢，为学生们流尽最后一滴汗的班主任终于可以永久地休息了。站在高高的山冈上，望着黄土渐渐掩埋了老师的身躯，表哥暗暗立下重誓，以后一定要赚钱重建学校，请来最好的老师，让孩子们不再受贫困与愚昧的折磨。

二

从澳大利亚归来的表哥在香港新界的一所中学教书，童年立下的宏愿一直鼓舞着他，在潜意识中他以自己的老师为榜样，所以教学成绩斐然。姑妈也常以表哥为荣，在亲戚面前不断称赞他。

那一年，香港与内地进行教学交流，要派出几位优秀教师到内地一所山区学校去进行为期两年的教学体验，表哥第一个申请前往。那是一个贫困山区的学校，这在出发前大家都清楚。香港的亲戚都劝表哥，他的事业如日中天，留在本地发展一定会更有成就，为什么一定要去那荒山野岭呢？但表哥心意已决，很快就离开了香港。

不久，我们接到了表哥的来信。信中可以窥见他的宏大理想和豪情壮志："这里真是穷山恶水，但当地孩子的求学之心却如我当年般炽热，我们几个香港老师已在香港向各界筹集资金，为山区的孩子重建一所学校，我们要让这片荒芜的土地生长出鲜艳的花朵。"

表哥后来的几封信，都热忱地向我介绍了他的工作：给山区孩子介绍外面的世界，给他们讲电脑、讲互联网、进行教育改革……

捧着他的信，如捧一把暖暖的火。我们相信，代表着香港人民美好心愿的教师一定能带着那里的孩子走出一条光明的知识之路。

半年过去了，一年过去了，从表哥的来信中可知山区的生活已逐渐向他们展现出粗粝艰苦一面：僻远、贫穷，没有电力供应，连最基本的饮用水都得跑到三里路外的山泉去挑，当初的青春激情慢慢被严酷的现实消磨了，这时，他们才知道，真正的考验到了。

同去的其中一个人，借病提前回香港了。另一个人，想办法去了县城一所条件好的小学。最后，这支三个人的志愿队伍只剩下表哥一个。

面对着默默青山，面对着苦不堪言的现实生活环境，更难耐的是一种孤独，表哥的信心也受到了打击。想了很久，很久，他也生出了离开的念头。毕竟，再辉煌的理想在冷酷的现实面前有时也是脆弱不堪的。

表哥决定悄悄地离开，他不敢面对那些对他充满期望与信赖的学生。那天下午，上完最后一堂课，表哥满怀歉意地对学生们说，他明天有事要进城，放假一天。当他回宿舍取出早已准备好的行李，正想走出校门时，他惊呆了：那些孩子们，二十几个衣衫褴褛的孩子全部排着队，站在教室门口，默默地望着他。表哥心头一热，眼泪差一点夺眶而出，但他咬了咬牙，低下头快速地走了出去。

盘山的小路蜿蜒曲折，似乎永无尽头。走了一大圈，表哥终于忍不住了，他停下脚步往回望了一眼，学校变得很小了，但学校门口有些小黑点却还看得一清二楚——孩子们还在一动不动地目送着他！

蓦地，他仿佛听到了暴雨的喧哗，听到山洪正在自己脚下低吼，几十年前那个豪雨之日，那个跳进激流中的身影在这一刹那间闪现在眼前。他下意识地擦了一下眼睛，却发现自己满脸是泪。表哥整了整衣衫，很坚定地回转了身。

表哥折了回来，在学校扎下了根，继续当他的孩子王，他自愿把交流教学的期限无限期地延长下去。这一晃 19 年过去了。

这样做仅仅是因为一刹那间的感动？还是因为理想？我问。表哥怔怔地出神了半晌，缓缓地说："我也没有想很多，我只是知道唯一值得做的便是把知识传授给山区的孩子们，让他们能掌握自己的命运。像我当年的班主任一样，把所有的苦痛自己咽下，把未来的希望留给孩子们。"

三

秋风乍起的一天，我站在这僻远的学校教室外。表哥没有觉察到我的到来，他正全神贯注地给学生们讲解世界地理。他穿着一件与身材很不相称的宽大的灰色衬衫，脚上穿着一双布鞋，此情此景，我委实无法将眼前这个朴实的乡村教师与那个从海外学成归来的风华正茂的香港青年相联系。但我又如何能忘记，多年前在香港的浅水湾，表哥面对着瀚海长天自豪地叙说着他的梦想，反复讲起他的童年，讲起他的班主任，讲至激动处忍不住泪盈满眶。或许从那一刻起，做一个人类灵魂工程师的意愿已深扎于心中，他甘愿为此付出青春、热血，付出他可能付出的一切。

刚 40 出头的表哥，头发已花白，背也有些驼，但他的眼神是那么明亮，他的声音是如此洪亮，举手投足间仍可见昔日的风采。19 年过去了，逝去的是青春，不变的是激情。刹那间，我似乎明白了许多，许多。

也许表哥会一辈子默默无闻地老去，也许他一辈子都看不到桃李满天下的一天，但是，又有什么所谓呢——

存在，只是为了照亮。

总会有一个人的出现，让你原谅生活的所有刁难

如果说人生是一场盛宴，上帝就是最佳的烹饪师。人生的苦是前菜，甜是正餐。

一

那天，有一个学生兴高采烈来给我派喜帖，说他下个月要结婚了。

同是这个学生，八年前他还在读研究生二年级时，所有人都曾经为他担心：由于失恋的打击，他的身体健康出了状况，患上严重的神经衰弱症，夜夜无法入睡。他每天都是无精打采，学业根本无法为继，几乎每一科考试都是不及格。所以，不得不提早退学，辛苦多年的学业就此荒废。

雪上加霜的是，他父母的公司因经营不善而破产，家里人卖掉房屋回了乡下。在一段时间内，一家人的生活都是惶恐的。

这个学生是不幸的，承受了他这个年纪不该承受的痛苦。

他也是幸运的，在医院治疗过程中与陪护他的护士产生了感情……她鼓励他渡过许多难关，并且成了他挚爱的妻子。在妻子的帮助下，他开了一家养生馆，生意越做越好，最后父母一同过来帮忙。五年时间，养生馆规模做到了全县城第一。

被命运拿走的一切，上帝又换了一种方式一一送回来。

“以前我很抱怨命运。现在我才发现，一切都是最好的安排。”在婚宴上，他致辞时激动地说。

台下掌声雷动，激光灯闪烁全场。

是的！即使命运给你再多的苦痛，总会有一天，总会有一个人的出现，让你原谅之前生活对你的一切刁难。到那时你会发现，曾经的那些苦都是因，现在这个甜才是果——如果说人生是一场盛宴，上帝就是最佳的烹饪师。人生的苦是前菜，甜是正餐。先苦后甜，先因后果，**每一件在我们生命中出现的事都是有安排的，每一个在我们生命中出现的人都是有深意的。**

人生，妙不可言。

二

曾经我觉得A就是一个男版的祥林嫂。

过去好几年，他每次过来学校找我时总要抱怨他的上司，每次都情绪激动：“你不知道我上司脾气有多坏！骂人！苛刻！虽然我是他招进公司的，但我一点都不感谢他！”

最近，A再过来找我时，我惊讶地发现，他不抱怨了。

第一次不抱怨，第二次不抱怨，第三次还是不再抱怨——我习惯了跟A聊天时先听听他对上司的抱怨，不料他现在停止抱怨了。

“你的上司性格变好了？他离开公司了？”我试探性地问A。

A笑眯眯地说：“他还在公司，还是我的上司，还是脾气很坏，还是一个不好相处的鸟人。”

“那，那你现在为何不抱怨了？”我很讶异。

A笑了，笑得很不可理喻。

每一件在我们生命中出现的事都是有安排的，每一个在我们生命中出现的人都是有深意的。

“半年前，我们公司新招了一个女生。那个女生也是这个坏脾气上司招进来的。上司对那个女生跟对我一样坏！常常吼骂她，无故向她发难。她哭了好多次。我看不过去，就在工作上常常帮助她。她对我也很感谢，在许多方面也帮助我……呵呵，日久生情嘛。我们两个人，上周订婚了。所以回想以往，我还是挺感谢我的上司，虽然他坏脾气，是一个十足的鸟人。”

在人生路上，总有一些人的出现一开始遮蔽我们的双眼，让人觉得生活很无奈。后来，我们才发现，那人的出现只是为我们认识另一些更美好的人作衬托罢了，他们是因不是果，他们是影不是光，就像绿叶映衬鲜花，就像露水点缀了清晨。

我也遇到过坏脾气的人，但我一想到这个坏脾气的人的出现只是为了让我认识一个美好的人时，我就开心地笑了，笑得很坏。

三

我认识很多有故事的人，比如黑弟。

“我长到 20 岁的时候，都不知道有广州这个地方。后来一个大我十岁的大姐说她爱我，问我愿意跟她不。我就来了。”他说。

“她在白马市场开服装档口。我来之后才发现，她不是真的爱我，而是想找个人帮她看档口，顺便做做她的保镖。”

“有一次她对我很过分，我还了嘴，她就骂我，还动手打我，最后把我赶了出来，行李全部扔出来，而且一分钱也不给我。她真的很狠。”

“我在公园里睡了一个月。那时，我天天想着要报复她，甚至去买了一把刀带在身上，只是还不够胆量去下手。”黑弟喝了一口茶，继续说。

“以前我从不早起。但睡公园那一个月，我每天天不亮就起来，围绕公园跑步，一是因为冷，二是不想让人看到我的落魄。”

黑弟越讲越来劲，好像在讲一个别人的故事。那一刻，我想起了电影《肖申克的救赎》中一句很有名的台词：再难过的事情，总有一天你会笑着说出来！

“就在这个月里，我认识了天天来跑步的她。每天一块跑，心越来越近……我第一次有深爱一个人的感觉。后来，我们在一起了。一年后，我们结婚了，我跟她一块经营他们家族的公司。我在广州这个陌生的城市，有了一个正式的家！有一个正式的婚姻！有一份正式的事业！太奇妙了！”

讲到这里，黑弟几乎手舞足蹈起来。

“结婚那晚，我打电话给那个大姐感谢她，是真心感谢。没有可怕的她，就没有可爱的老婆，就没有今天幸福的我。”说到这里，黑弟哈哈大笑。

我也哈哈大笑起来，黑弟的故事太启发我了。

原来，人只有因和果之分，没有好与坏之分，更没有对与错之分。有些人在你生活中出现时，一开始你觉得好无奈，甚至好痛苦，后来另一个人因前者而出现在你身边时，你才恍然：之前讨厌的这个人只不过是因，另一个人才是果啊。

总会有一天，总会有一个人的出现，让你原谅之前生活对你的一切刁难。

你曾经反抗的宿命，最终都会成为最好的朋友

苦难是一条澎湃汹涌的河流，有些人却能在河边快速奔跑，努力把悲伤甩在风中。生老病死为大自然最最正常的事情，却也是最最让人痛彻心扉的事。

一

在音乐震耳欲聋的酒吧中，我见到了黑哥：光着头，手臂文着龙，脖子戴着比狗链还粗的金项链——如果坏人的样子有标准，这就是。但我知道，黑哥是好人。

小时候，我们共同在潮汕的一个小镇生活，那时常常受到恶棍的欺负，黑哥多次反抗但都失败。他不止一次表现出对恶棍行径的强烈反感。昨晚，他醉意朦胧地握着我的手说：“林，我曾如此厌恶恶棍，但我现在是镇里最大的恶棍。”

我知道他做到了。每个人都有自己痛恨的对象，但生活的悲哀莫过于我们努力一生远离厌恶的人，最后却发现你成了那个当年自己最厌恶的人。

生活是一个圆圈，我们以为命运的车轮滚滚一路向前，有时最后发现其又返回起点。这，就是宿命。

二

我的远房老叔，多年前妻离家散后从此孤独一人生活——他孤独到连影子都离开他了。在他还不太老时，也曾努力反抗孤独：跳广场舞，加入潮剧团，找人下棋……但是，直到他年过七旬，他还是一个朋友都没有。

一个人生活几十年之后，他到了耄耋之年，我却看不到孤独对他的摧残，反而他的神色越发怡然。

我顿悟，几十年来老叔不是没有朋友，而是已把孤独当成最好的朋友：那么入心入髓，那么形影不离。我不再悲伤，再没有朋友的他也有孤独这个朋友紧紧拥抱。

我们曾经竭力反抗的宿命，最后都成为我们最好的朋友。

三

我们在咖啡馆坐下。他问我："林，你说我何时会有对象呢？"

过去多年，他总这样问我。开始，我热情告诉他一切会有的。但现在，我只是沉默。

以前，我在朋友中总扮演知心傻大姐的角色：没钱的，我会安慰他会有的；没人爱的，我会告诉她王子会来的；没事业的，我会激励他时间会给他回报……现在，我发现我错了。

时光有时的确是满溢希望的阿拉丁神灯，但有时也是油尽灯枯的残灯……时光流走，你也可能一辈子都没有对象，你也可能一辈子都没有事业，在风烛残年你也可能还是跟当初一样，除了空想啥都没有。

站在时间的峭壁上，我们应怀揣平和的心态告诉自己：拥有是人生的理想，无法拥有也是人生的一部分——无是有的起点，痛是乐的天平。快乐让人生在麻痹中变得短暂，苦痛却让心在隐忍中得以永生。

‖ 我们曾经竭力反抗的宿命，最后都成为我们最好的朋友。

四

我请发小大海兄喝茶。以前他健谈，现在却变得寡言。

“我父亲病重，我在医院和家里守了两年。两年里，我没有跟人接触过，几乎忘记说话是怎么说的了。”

大海兄原本有不错的家庭和工作。但父亲病重多时，工作没了，夫妻散了，积蓄花光了，朋友也少了，而且这样的日子仍不知何时是尽头……临别时，他有力地握着我的手说：“你们都觉得我很惨，其实不然。每一种苦痛都是在想象中被严重的，最苦的痛永远不会来临。苦痛是一所大学，我学会了坚强，这就是报酬。”

任何一种内敛的悲伤都让人动容。一个人面对苦痛时的淡定更让人震撼。

面对着苦难的接连袭击，你该相信宿命吗？苦难是一条澎湃汹涌的河流，有些人却能在河边快速奔跑，努力把悲伤甩在风中。生老病死为大自然最最正常的事情，却也是最最让人痛彻心扉的事。

当悲伤来临时，就让我们努力奔跑吧，把宿命抛在风中。

第八章

从来没有失去，
你只不过还回去罢了

从来没有失去，你只不过还回去罢了

很多时候，我们所恐惧的事物其实是一种幻象。
一切的恐惧都是在想象与意志中被强化。

一

走进志莲静苑时，午后的阳光照耀得无限温柔。这座位于香港钻石山的佛教寺庙，是我见过的最精致也是最具威仪的佛堂——在午后的静美阳光中，我见到了法国人马修。

六年前，我在香港理工大学中文及双语学系讲学时认识了他，那时他是教授科技课程的马教授，现在他是马僧人。香港的教授有着全世界最高的薪水，马修可谓名利双收。这个有着嬉皮士风格的教授，披着一头长发，时常开着一辆法拉利飞驰在深夜的香港街头。

我无法想象六年前一个拥有巨大物质享受的知识分子，竟然放弃一切，把钱财、房子、车子处理掉，全部捐赠给寺庙和香港的公益基金组织。

在阳光下，马修那颗锃亮如镜的光头照耀得我双眼眩晕。

“为什么甘愿舍弃一切？”我小心翼翼地问。在这个庄严肃穆的圣地，任何问题都可能显出不切时宜的肤浅。

“林，你问错问题。你不能说我是‘舍弃’，所有的一切本来就

不是我天生带来的，我只不过还回去罢了。”马修平静地说。

是否每一个思想意识到达一定程度的人都有这种“还回去”的彻悟？陀思妥耶夫斯基早年是个坚定的唯物主义者，年老时却成为一个十足的唯心主义者。他的名言就是：“无论如何，不要说我失去了，我只是还回去了。”他失去所有财产时，这么沉静地说。他的孩子早他离世时，他仍然这么沉静地说。

“以前我追求应有尽有，现在我追求一无所有。”马修说。

人总有所求，追求一无所有是啥感觉？我没有问他。我们曾拼

命求“有”，总有一天我们或许也会像马僧人一样求“无”——一样一无所有，一无所求，一尘不染，一念慈悲。

在马修看来，世界本空无一物，一切来自“无”，必将还回“无”。

年轻时，我们努力证明“我”为一切；年老时，我们发现一切为“我”——不必执着一物，也可以证明“我”为本我时，许多人刹那间会产生“还回去”的念头。从空取来的一切再还回空，从自相走向共相，这或许就是人对自我一生的本质认识。

一切诸法，彼此之相，非常非灭，本来空寂，故名共相空。

二

每次走进游乐园，每一个简单无比但周而复始的游戏都让我惊叹：你看这海盗船，上了又下，下了又上；你看这旋转木马，来了又去，去了又来；你看这碰碰车，碰了弹离，离了又回。

以往，每到岁末年终的时光交替时刻，我总黯然生命年轮又被撕掉一页——但是，当我骑上周而复始的木马时就会意识到：**时间的流逝不过是一种内心的幻象，从宇宙学的概念里，宇宙时间与人间一切就如这木马，无始无终，没有开端没有结尾。**

很多时候，我们所恐惧的事物其实是一种幻象。一切的恐惧都是在想象与意志中被强化。

恐惧死亡，是因为我们害怕自己会进入一次漫长的虚无，但生命来临之前同样是一场漫长的虚无，你却未曾为之恐惧。

恐惧失去，是因为拥有让人感到有实在的占有感，但一旦你知道在物理学上，万物的本质上只是宇宙量子的涨落，并不具备真正的坚固性——人的意识错误地把事物的流动性转化成了某种固定、僵硬的东西，你所谓的失去只不过是从空到空的“还回去”的逻辑过程罢了。当你知道这一切之后，你就明白自己曾经的想法有多荒谬。

我太喜欢游乐园了，我们所恐惧的一切，其实在这里都有了解答，而许多人却不知道。

三

那次受外婆委托，我去看望她的一个学生——中科院广州地理研究所的陈教授。陈教授 78 岁了，他相伴一生的老伴昨天离开了。

见到老人，我还没说话，他说：不用安慰我，我有健忘症，昨天的事我很快就会忘记。

作为地理学的专家，他记忆力超群，记得住他走过的所有名山大川。这相伴一生的人，这一生的回忆，咋可能说忘就忘呢？说不悲伤就不悲伤了呢？

“水从哪儿来，最终回到哪儿去。风从哪儿来，最终回到哪儿去。生命从哪儿来，最终就回到哪儿去。这是我一生地理考察的认识，生命和大自然的一切都是在循环。生命的一切都不是‘失去’，不过是‘还回去’而已。昨天，我的爱人回归了，有一天我也会回归。所有人都一样，生老病死是人生最最平常的现象。所以，我很快就会忘记悲伤的。”

“林，下次来我可能也忘记你了。记忆本无形，所以终会回归无形。保重。”老人送我出门时说。

我没有回头，我要把他的话“还回去”在风中，就像他把曾经的美好记忆通通遗留在高山之上。

无论睡在哪儿，都是睡在夜里

夜色如酒，有人以醉为遮，纵情、表白、放肆、声嘶力竭、还原自己。买酒不一定为饮，酒醉不一定因酒——每一个买醉的人心中都有属于自己的一片森林，迷失的人会自我迷失，相逢的人会自动相逢。

一

我很喜欢酒吧，虽然我讨厌酒精——作为以讲故事为职业的人，我觉得当夜色、酒精与灯红酒绿乍然相遇时，许多生动的故事就会绽然开放。就像黑夜中的水仙花，在月照无眠的夜晚，就着月光，静静地吐芽、静静地孕育。

有些夜晚，我跟喜欢热闹的朋友们去酒吧，坐在一个角落里看他们唱，看他们跳，看他们哭，看他们笑，直到酒精把他们燃烧得步履轻浮。白天他们是公务员、商人、大学教师、单位领导；白天他们是丈夫、妻子、父亲、母亲、儿子、女儿；白天他们西装革履、沐猴而冠、官腔官样、谨言慎行——夜晚，他们只是他们，他们只是自己。

许多次，当我准备把这些醉醺醺的朋友们逐个扶上车送走时，一踏出酒吧离开喧闹，许多人却立即变得清醒：言语不再混乱，眼神不再游离。那一刻我相信，酒不一定醉人，但人一定可以自醉。

夜色如酒，有人以醉为遮，纵情、表白、放肆、声嘶力竭、还

原自己。买酒不一定为饮，酒醉不一定因酒——每一个买醉的人心中都有属于自己的一片森林，迷失的人会自我迷失，相逢的人会自动相逢。

在香港的兰桂坊，我跟张兄从酒吧出来，他坚持要走路回位于跑马地的家，那条路足有十公里远。“你不用载我，我走路回去。”张兄说：“黑夜里，每一条路都是通往回家的路。”

我认识张兄这么多年，从没见过他说出如此文艺范的话。我还在琢磨他的话，他已经摇摇晃晃地消失在夜色深处了——我知道，极好酒量的他其实不醉。他需要的可能是一段晚风中的独行，需要的可能是一次夜色下的省思。**在浓浓夜色之中，即使阡陌纵横，双眼再蒙眬的人都能认得那条通往回家的路——正如身世漂萍的人总能安慰自己，无论睡在哪儿，都是睡在夜里。**

二

有时，当我觉得写故事失去灵感时，我就会坐上这哐当的电车，在有风的夜晚，穿越街道与人群，一任斑斓如蛇的霓虹灯在车窗外紧追不舍。起伏的道路如城市这沉睡巨兽的胸膛，带你穿越梦境中的世界。

如果说城市是一卷草稿纸，这电车就是一支笔，用它飘逸的笔调，书写一座城市的动情故事。白天的城市是虚幻的表演，夜晚的城市才是真实的存在。如果你悲伤，就去坐巴士，让风撕碎你的失意；如果你喜悦，也去坐巴士，让欢欣随风洒满人们的梦境。

和许多人一样，有时我会在电车上睡着，朦胧中只听见它周而复始地环线走动，走得那么蹑手蹑脚，走得那么小心翼翼，好似害

怕轻轻一晃动，一车沉沉的梦就会碎掉，倏忽就飘散在这浓浓夜色中，一去不返。

车窗外，那夜的深处是密密的灯盏，像一双双充满灵感的眼睛，只要你凝视它们，灵感瞬间就会澎湃而来——黑夜是所有故事的源头，黑夜是所有思念的开端。多少个夜晚，望着远处闪烁的灯，我们总会想起许多幸福，我们总会忆起许多悲伤——相守的幸福，离别的悲伤，总发生在夜里。

你默默地转向一边
面向夜晚
夜的深处
是密密的灯盏
它们总在一起
我们总要再见
再见
为了再见

——顾城《再见》

六月的一个夜晚，我参加学校一个毕业班的谢师晚宴。有人来跟我告别，并送我一张纪念卡，上面写着：老师，谢谢！再见！后会有期！

这只是一个小小的礼仪性行为，我却有些意外，有些感动。**无论是在大学讲台上还是人生的舞台上，许多人只有相遇，却不会有告别——一些人，根本来不及告别。**

我认识不少朋友，一起走过好多年。曾经无话不谈，无话不欢，后来物移景迁，大家逐渐失却联系。那些月照无眠的夜晚，有时会

‖ 无论睡在哪儿，都是睡在夜里。

忽然想起一些无声消失在时光深处的友人，猛然发觉彼此已告别许久。有些告别，缺失告别。

过去这一年，有些人来了，有些人离开了。以前我以为，感情好了人就来，感情没了人就离开。后来我发现，这是错误的——**人与感情都是时间的产物，时间到了，人就来，无关感情；时间到了，人就离开，无关感情。就如这夜，该夜色降临时必降临，该夜色消散时必消散，无关喜好，只关时间。无论我们醒着的时候在哪儿，时间到了我们都是睡在夜里。**无论我们努力走向哪儿，时间到了我们最终都返回故土——时间就是人生的开关。

这一生我们都坐在时光之舟上，摇摇晃晃向前。无论舟行多远，愿每个人回首望向时光深处时，不悲不喜，不嗔不痴。

三

我是一个喜欢做梦的人，虽然医生多次告诉我，做梦不利于睡眠质量。但是我有时不忍白天看尽迤逦的世界之后，夜晚眼睛一闭就要把世界的影像全部熄掉——所以，在意识可以控制的夜里，我告诉自己做梦吧，把原本黑暗一片的房间用梦境全部点亮，把许多黑沉沉的人生往事照耀得闪闪发亮。

我曾患急性扁桃体炎，一夜辗转难眠。有时，我会喜欢这种失眠的夜晚，在暴雨如注的夜里闭眼假寐，感觉就如一个人在黑暗的影院中独自观影，往事如色彩缤纷的气泡飘摇而来，这过往是如此令人欢愉；有时，我害怕这似睡非睡的恍惚，**漆黑中你仿佛看到自己从幼年走到了少年，又从青年走到了夕阳暮年的人生轨迹——那种提前走完一生的悲伤感会瞬间把你打醒。我闭上眼，这一夜何其**

漫长。我睁开眼，这一生何其短暂。

有些梦是如此纤毫毕现，以至于分不清那究竟是一场欲望的虚幻想象还是一次经历的真实投射。有时候，梦是现实的反面：白天，你笑脸盈盈；梦里，你泣不成声。有时候，梦是现实的升华：白天，你们执手告别；梦里，你们仍然相拥而立。

梦境是检验心灵厚度的标尺，正如回忆是衡量阅历丰富的标准。人生并不总是如心灵鸡汤般美好，有时无法逃脱的宿命也是命运的一种安排——但是，纵使梦里失望得再让人泣不成声，第二天醒来你发现，这个世界依旧车水马龙，那时失而复得的感觉会瞬间把你打动。

无论我们睡在哪儿，都是睡在黑夜里。无论黑夜有多漫长，黎明总会到来。

被词语点亮的忧伤

时光的水面辽阔而宁静，生活缓慢而美好。一日何其漫长，一生又何其短暂。在生活中，我很害怕“一辈子”“永远”这些大词语——有些词语就像黑夜的烟花一样，瞬间点亮了我们的忧伤。

一

那天下课，一个学生跟我聊天。

他问：“老师，你每天讲课大约要讲多久？”

我答：“六小时吧。”

又问：“那你一个月要讲几天课？一年有多少课？”

我觉得他的问题有点奇怪，但还是老老实实地回答：“几乎天天要讲。”

我答完，他很严肃地问我一个问题：“你天天讲课，从披星讲到戴月，从海枯讲到石烂，日复一日，你不厌烦吗？如果当下不厌烦，那你何时厌烦？”

太阳每天从东升起从西降落，季节每年从春夏到秋冬，我每天从台下到台上，生活日日如是地重复，以前我从没想过是否有一天会厌倦。

但在他提问的那一刻，一种刺痛感好像瞬间在内心被激活。

读大学时，我常去中大小北门下渡村一早餐档买水煮玉米，档主每次都用手直接从沸腾的水里捞出玉米。我一直很好奇，他为何能做到手入沸水而不痛？我观察了许久，从不见他脸上有任何痛苦的表情，那热水明明在沸腾啊！

某天，我终于忍不住提醒他：水好烫啊，都有一百度了，你的手不疼么？

那一刹那，他当场大叫一声，把玉米甩开老远，手不断上下抖动，好像努力要把热甩开似的，疼痛布满了他的脸！

我非常愧疚。一个对沸水已麻木的人，他的疼痛感知仿佛全被我的词语激活了。

现在我明白，有一种冷叫你妈觉得你冷，有一种痛叫别人觉得你痛。行走在时光的隧道中，我们那些无意中忽视的忧伤，全部被别人的词语所点亮。

二

我去参加一班学生的毕业聚会。餐毕，他们鼓噪我上台参加“真心话大冒险”的游戏。

A 学生问：“老师，我们全班 50 个同学，你最喜欢我们中的哪一个？”

全班同学都看着我。我有点尴尬，没答。

B 学生问：“老师，那你说说，你谈过的恋爱中，你最喜欢哪一个姑娘？”

全班同学鼓噪起来了。我讪笑着，没答。

C 学生站起来帮我解围说：“我问一个简单的吧。老师你说说你最喜欢的书是哪一本？你最喜欢的食物是哪一种？你最喜欢的城市

是哪一个？这个总该可以答了吧！”

那一刻，我还是没有回答。

生活中，我不是一个比较主义者，总觉得对人与物的喜欢很多时候不分先后，也不分名次。小时候，我最害怕的问题就是大人捉住我的手，调侃地问我：你喜欢你爸还是喜欢你妈多些？如果他们同时落水，你救谁？

有些问题就像一把刀，在你挑选“最”的那一刻，瞬间切掉生命中另外一大块——**我喜欢过许多人，喜欢过许多美食，喜欢过许多城市，喜欢过许多美好的事物，这一切在流淌的时光中都盘根错节融合成人生的美好：它们无法被分割，无法被标签，以致我不忍心用“最”这把刀，把美好的整体切碎分级。**

我喜欢那闲暇午后、秋色荒野、雪后初晴、荡舟放歌、围炉小饮、促膝谈心……这些都是人生美好体验不可分割的部分。我无法对其进行分级，更无法给其贴上“最”的标签进行排序。

所以，我的朋友，请慎用“最喜欢”一词去追问，“最”这一词语就如一把柴火，可以瞬间点亮一个人的忧伤。我们在思索“最喜欢”的那一刻，或许也必须面对最忧伤的比较、最无奈的遗憾、最苦痛的选择、最惆怅的舍弃。

人生体验不一定要有“最”。在没有“最”的时刻，却有刹那美好永留心间。

三

那年，我去了西藏。在珠峰大本营，我认识了一群同样蓬头垢面的朝圣者。极其艰苦的跋涉，加上可怕的高山折磨让一群萍水相逢、来自各个国家的陌生人几天时间内成为莫逆之交。

离开雪山那天，大家各自返程。这一别，估计再见机会渺茫，于是大家互赠言辞恳切的祝福。

来自澳大利亚的Y送我一张手绘的珠峰日出明信片，上面写道：虽萍水相逢，愿我们一辈子都是好朋友。

Y的这句话如闪电，忽然唤起我久远的回忆。

我中学毕业那时，同学们互赠手写留言本。全班七十多个同学，一人一本，每个人都会把留言本传给其他同学，希望得到同学的赠言。其中一个同学给我写的一句话就是：愿我们一辈子都是好朋友。

中学毕业之后，鸟儿各自飞。那么多年过去，我再也没有见过他。后来有一天我才听说给我留言“一辈子都是好朋友”的同学，一年前因病去世了。

感情的深浅无关相处时间的长短。再萍水相逢的人，只要把盏言欢、莫逆于心，分别时也都会萌生“一辈子都是好朋友”的念头。感情的至纯让人感动，但“一辈子”这宏大词语饱含的精神忧伤令人畏惧。

电影《太平轮》中有一个场面，1949 年国民党战败后，老兵面对留在大陆还是撤退去台湾的选择，许多人犹豫不决。走，是一辈子；不走，也是一辈子。

最终一部分人选择离开，一部分人选择了留下。不知道，离别的那一刻，他们是否会互道：愿我们一辈子都是好朋友？

时光的水面辽阔而宁静，生活缓慢而美好。一日何其漫长，一生又何其短暂。在生活中，我很害怕“一辈子”“永远”这些大词语——有些词语就像黑夜的烟花一样，瞬间点亮了我们的忧伤。

我要忘记这些忧伤的用词，就像忘记时光终会夺走人生一切的残酷。

生命是一种循环，就像水回到了水

在临终关怀医院待不到两个小时，我却恍如感觉经历了一生一世。那种对生与死的近距离透视，似乎让我忽然间获得某种生命意义的启示。

面对着他们，你会明白生命是多么脆弱又是多么坚韧。一个个形销骨立，一个个瘦弱无力，生命在这里几乎只剩下形，而神已飘散。而又正是这些人，聚在院子里的榕树下，欢快地谈论着种种乐事，谈至高兴时，齐齐拊掌大笑，眼中那跳跃着的异样光彩，让人恍然相信生命还可以重新来过。

这是香港一所临终关怀医院，而他们都是一群身患绝症、将不久于人世的老人。在一个阳光很好的午后，我来到这所临终关怀医院，在踏入大门的那一刻，现实与虚幻的感觉扑面而来。

见我挎着相机，一个老人好奇地摸了摸，不客气地向我要过相机，然后大声吆喝比画着，叫其他几个老人排好队，做好表情，还不时叫这个老人表情要生动一点，叫另外一个矮小的老人踮高一下脚尖。而其他老人也都很配合，乐呵呵地听从指挥，虽然个个行动不便，但都听从“导演”的意见，东挪西移，那煞有介事的样子真是让人忍俊不禁。

许多老人在院子中的树下、凳子上孤坐，默默思考，时或对着夕阳无言凝望，脸上表情宁静如斯。此时此刻，曾经的惊涛骇浪，曾经的心酸苦痛，都不再重要了，唯一有意义的只剩下对当下有限时光的感受。因为生命的有限，所以他们对着自己处于倒计时的生命之钟无比珍惜。

一个穿着白色长袍的干瘦老人，正在院子里一手一脚地练太极，他是晚期的癌症患者，只有两个月的时间了。医生说，老人每天都要固定练两个钟头的拳，老人笑着说：“我活了一辈子都没有一个强健的身体，现在练好太极，到天堂时身体应该比其他人好一些，找工作也好找一点。”很豁达，很乐观，既然此生未能如意，就期望来生能改变。

在香港这座繁杂匆忙的大都市中，从尖沙咀到中环、从铜锣湾到太平山、从新界到香港岛，在一群群行色匆匆的红男绿女中，我没有见过比这些老人更加认真生活的人。他们不沉湎于过去，因为过去已经消逝；他们不寄希望于未来，因为他们已经没有未来可言。他们只活在琐碎而充满乐趣的当下。看电视、闲聊、沉思、看落日、

打牌、争执，生命的乐趣就一点点溶解于其中。

在树下，几个老人在下棋，下着下着就因一点点分歧而争执起来，声音很轻，但语气很坚决，谁也不肯退让。一生经过无数轰轰烈烈的爱恨情仇，只因时光流去了，记忆淡了，所有往事都可一笑泯之。但现在老了，生命行将逝去，所以凡事认真，因为认真所以投入，如此而已。

在那些冗长的午后和无数个乏善可陈的黄昏，他们更多是聚在一起谈论着生之乐趣与对死后之想象。日日面对着死亡的逼近，死亡对他们而言已不再有威慑感。他们通常带着一点调侃、轻松甚至是有点憧憬的语气来谈论这个话题。他们早已习惯了今日一起言笑晏晏的伙伴，明日一早就永远沉沉睡去的分离。**生命就像是爬山，费尽一生的种种努力，他们终于站上了生的顶峰，一览来路众山皆小，而远处另一座恢宏的天国高山正在召唤，正是在这蓦然回望中，他们获得了一种对生的深刻感知及对死的深层认同。从某种意义上，生命是一种循环，就像水回到了水。**

一个老人见我要给她拍照，让我等一等。她叫护士去衣柜里重新拿来一件整洁的衣裳，郑重地穿上，并让护士给她梳一个“流行一点”的发型。

她已经病重得起不了床了，只能躺着拍照。就在我举起相机对着她那一瞬间，她举起手说停一停。然后颤抖着手在枕头下摸索着，摸了好一会儿也没找到。护士轻声地问她想要找什么，老人不答话，依旧自己费力地找。最终她从枕头下摸出一个小小的发卡，举到我面前晃了晃，自豪地说：“看，这是他当年送给我的。”她慢慢地把发卡别到了前额的头发上，用手小心翼翼地捋了捋头发，然后很疲惫但很满足地躺下。

我举起了相机，慢慢地调准了镜头。在落日余晖的照耀下，老人的眼角慢慢湿润了，挂在干枯的脸颊上，一滴，又一滴。然而老人还是笑了，从皱纹深处慢慢地浮出一朵灿烂的笑容，那淡淡的笑定格在我心中，很久，很深。不知在她每一晚冰冷的睡梦中，可会温暖地重忆起几十年前，他深情地为她别上发卡的那一刻？

在临终关怀医院待不到两个小时，我却恍如感觉经历了一生一世。那种对生与死的近距离透视，似乎让我忽然间获得某种生命意义的启示。

几年前，在马来西亚北部城市霹雳州，我经过了一座义山——一处南洋华人的墓地。那是一个酷热的夏天，毒辣的太阳穿过树林照射在静默的墓园之中，啾啾的鸟鸣有如清凉的轻风掠过，捎带着那些遥望故土但已永眠他乡的人的心愿，山一程水一程，飘向梦中的乡土。站在墓地的小山坡上远眺，繁华的城市不过咫尺之遥。但我感觉，尘世刹那间好似如此遥远。

在许多个星光熠熠的夜空，我总是想起那平静的义山、那香港临终关怀医院，想起那些站在天堂门口却以平常心来谈论死亡的老人，没有人比他们更接近死亡的门槛，但也没有人比他们更通晓生的本质状态。对死从容的思考背后其实隐伏着对生的无比热爱。

只因洞悉了生之有限，方练就对死之安详。一句温暖的问候、一张泛黄的旧照片、一个曾被深情款款插在头上的发卡，一丝一缕无不引发他们对尘世的深深怀念。这种植根于心灵的深爱犹如一束射向茫茫星空的光，照耀了他们远去天堂的迢迢路途，也将温暖着他们以后那无数个漫漫长夜的孤寂。

后记

这本书不是游记，也不是对世界风景的描述，它只是成行走程中一个人的自省与静思，远方与其说是一个终点，更不如说是心中一种永不抵达的美好镜像。

每个人在走向远方的过程中，都在期待遇到一个更好的自己。

我的堂哥少年时无比叛逆，打架斗殴，所有人都对他侧目。而他自己也觉得既然世界看不起他，那就干脆与世界为敌。

后来有一天，他离开家乡槟城去了新加坡，接触了许多跟他以前认识的完全不同的人，才猛然发现生活完全可以是另一种模样。一次，他在河边坐下。

“那天，风特别温柔，我想我应该成为一个更好的自己。”他说。

从此，叛逆的少年变成了奋进的青年人，人生自此不同。

我的老友大城，遭遇一次人生打击后自暴自弃，开始放浪形骸。

有一次，他去山里远足，在山巅之上静静坐着。

“那天，天上的云特别温柔，我想我应该成为另一个人。”

从此，自暴自弃的浪子变成了稳重自信的男人，生活的轨道悄然转向。

每个人都会成为一个自己想成为的人，只要你把世界装入心中。

我出生在中国南方一个从不下雪的小城，读大学之前从未走出过这个城。无数次在想象中，那些飘着雪的远方是如此遥不可及。长大后才知道，只有你一路向前，再遥远的远方都会成为眼前的风景。

由于访学的机会，我从温哥华走到芝加哥，从芝加哥走到底特律，从底特律走到波士顿，从波士顿走到纽约，从纽约走到多伦多。有一天，我在加拿大魁北克城的圣劳伦斯河边坐下，看着雪静静地落下，忆念曾经的过往，想象即将的未来——年少时那些对远方的想象，这一刻都浮现在眼前。

你所期待的远方并不遥远：无论是瑰丽的风景还是一个更好的自己。

时光一直很温柔，不妨就此到白头。

最后我要感谢南菱汽车股份有限公司董事长马春欣女士的支持。她是一位非常有诗意情怀的企业家，一直鼓励我将行走过程中所写的文字集结成册；同时谢谢我微信朋友圈里的所有好友，过去几年没有你们的鼓励，我就无法连续坚持一千天，每天在微信里写作一个故事。没有这些故事，就不会有本书。人生的一切，皆为缘分。

在走向远方的路上，春天的花、夏天的风、秋天的叶、冬天的雪以及每一天的你，都让人觉得生活是如此之美好。愿各位，美好永远相随。

林景新